一湖一净土

淀山湖——黄浦江的源头，孕育了江南文明。

2014 年春，画家从深圳来上海探亲，为淀山湖景色沉迷。如高更来到塔溪缇，有了常住湖边创作的冲动。

遂定居于此。三年来，在淀山湖及周边朱家角，苏州，周庄，锦溪，角直，千灯等地，写生创作了一百多幅作品，仍未尽兴。

醉美定山湖

淀山湖晚霞

湖边日落，美不胜收，物我两忘。

淀山湖畔

春季的湖畔，大片的格桑花菊花，如电影《雏菊》外景地再现。
说不定在湖边能遇到你生命中的杀手帅哥。

湖畔春色

格桑花之一

格桑花之二

淀
山
湖
日
出

淀山湖的日出，悠然而静谧，沉浸其中，名利富贵都是浮云。

天下兴亡，匹夫有责，顾炎武故居地。
在桥上画此画时，有人停车拍照，造成交通堵塞。

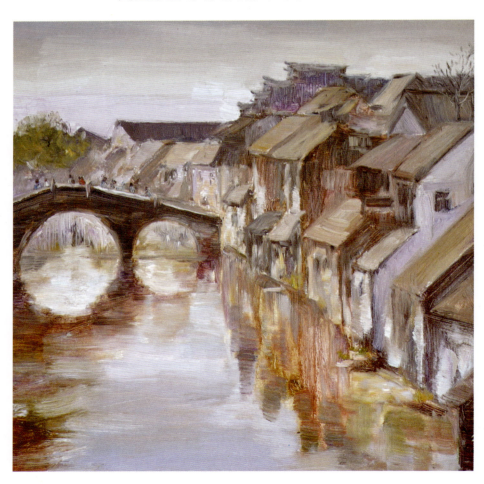

老船

大年二十九的下午，阳光透照废弃的渔船，发出金色的光。

甪
直

到甪直摆好画架写生，口中直呼好美，好美，
保安大哥接话，当然美啦！门票上印的就是这。

狮子林之一

迷宫一样的假山，孩童似的转了一圈又一圈

狮子林之二

苏州博物馆

贝律铭的建筑杰作，只围墙启发了灵感。

苏州博物馆对面的民居，典型的江南风。

红墙

一代帝王朱元璋安息地——明孝陵城墙。腊梅飘出一枝来，是妃子的倩影吗？

上有天堂，下有苏杭。园林应为粉黛之首，当之无愧。

园林印象之二

园林印象之三

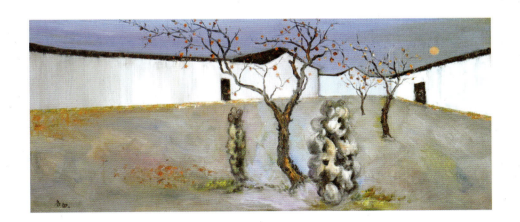

园林印象之四

忠
王
府

忠王李秀成，因不舍府中财宝美色，贻误战机，败于曾国藩之手。

拙政园

围墙印象深刻，想必贝氏当年设计博物馆时也受启发。

云
杉

淀山湖中一群云杉立于湖中，是当年乾隆下江南留下的美女么？

淀山湖老街

因拆迁难度大而幸存的老街。欲灭其族,先去其史。经济是暂时的,而文化永存。
在老街写生十天,将历史永留油画中。有意思的是,写生时画家的牢骚话正
好让围观一男子听到,他正是拆迁办的领导,因此互为朋友。

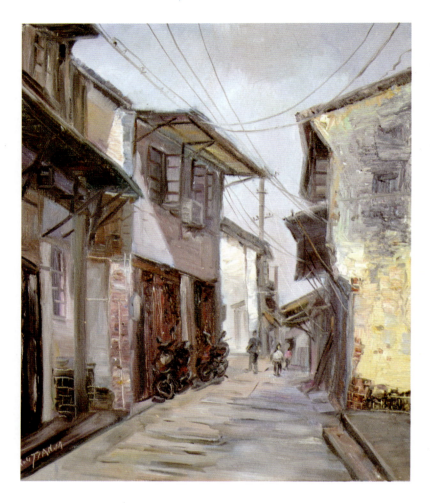

古巷斜阳

幽巷深处有人家。

芦苇荡

2017 正月初二，在湖边写生。车马流连，挡不住心中的宁静。

不惧北风吹

江南的冬天，寒风刺骨，画完此作，手脚已无知觉。

规划中的湿地公园。现已放水成湖，所幸有三幅写生保存历史。

湿地早春二

西南巷朝阳

2014 所画，现已拆得面目全非。

重金打造开发的古村落，却忽视了这段河，原生态最美。

六如墩二

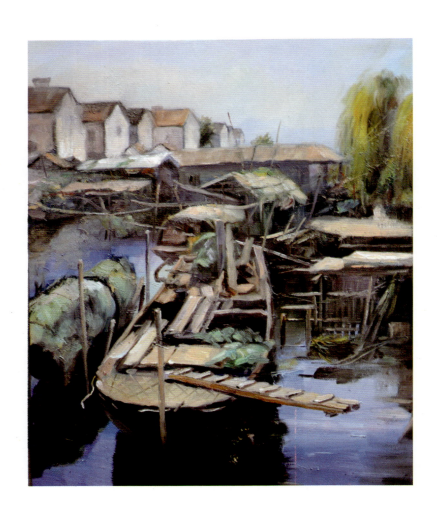

兆南港

拆迁安置村，年轻人还记得这个名字吗？

雨中鹅场

冒雨写生，借养鹅人老张的屋檐下，完成这张作品。没几天一条恶犬闯进这里，咬死了五十几只鹅，老张半年的心血，恰似一江春向东流。

子非鱼之一

子非鱼之二

林
荫
道

中市桥

江南美，
为她如痴如狂而在此终老
续上前世未尽的缘份。

姚建军

目录

　　我爸爸他很聪明，你别看他肚子大，那肚子里可是装满了学问，至于他聪明在哪，就看看我举的以下这个例子吧。

　　一天晚上，外面刮着很大的风。晚饭后，妈妈看风很大，于是准备先把衣服收回来，明天再继续晾，忽然发现有一件衣服掉到了楼下 11 楼那里的晾衣架上。当时，我、老妈、奶奶都想了各种各样的方法，但都不管用。

　　就在这时候，爸爸想出了一个绝妙的办法——用绳子绑在雨伞头上，然后用伞柄去钩衣服。没想到这方法起作用了，爸爸成功地把衣服给钩了上来。原来，整天呆在书房的老爸动手能力还挺强嘛。

　　我爸爸真聪明，以后我要多多向他学习！

哎，哎哎哎，哦，噢噢噢＊＆……％＃＠￥＆＊ ￥……＠＊

上篇　散文

24 个小时，往返 4800 公里，在航班上透过小窗看日落，总共看了两次。

感谢航班准点，得以提前十分钟赶到影院，陪臭小子看《小王子》。 2 号放映室里绝大多数都是成年人，情侣居多，只有我一个父亲带着孩子。

出了影院，问臭小子观后感。 臭小子说："很精彩，只是里面的人有些傻傻的。"我说："你没有看懂。"

也难为 8 岁的臭小子了，那么多可以直击心灵的经典对白，岂是他这个年龄的孩子可以懂的。

安托万·德·圣埃克苏佩里，法国文学史上最神秘的飞行员作家。 《小王子》成就了安托万，也注定了他的悲剧。

1935 年 12 月，安托万驾驶的飞机坠毁在撒哈拉沙漠，然而他却奇迹般平安落在沙漠里，濒临死亡，又侥幸活了下来。

憋了很多年，安托万还是没有忍住。 在《小王子》这样一部假托童话之名的作品，泄露了沙漠里的秘密。

1944 年 7 月，安托万又一次消失在天空中，而这一次，他再也没能回来：

> 机翼的颤动扰乱黑夜的呼吸
> 引擎的歌声摇晃沉睡的灵魂
> 太阳涂抹我们，用苍白的颜色
> ……

这部总销量高达两亿册仅次于《圣经》的小书，究竟好在什么地方，其实没有人说得清楚。

但大人们喜欢买它，都说是买给孩子读。

可以肯定的是，《小王子》里总会有一两句独白会触动你内心最柔软的地方。

"你知道吗，人在难过的时候就会爱上日落。"

"在你看了四十四次日落那天，你很难过吗？"

但小王子没有回答。

安托万到底想说什么，没有人说得清楚，但读这些句子的人，一定懂。

我看过很多次日落，有一次是在桂林。驾车在高速路上，臭小子在后座上酣睡，还打着呼噜。经过一个服务区时，我停下了车，只为看日落。

刘禹锡说，这是"空愁暮"，长大了的人，不应如此。

《小王子》里有一朵花，是一朵玫瑰。小王子以为那是唯一的一朵，因为那朵花曾经对他说，她是宇宙里唯一的玫瑰花。直到小王子在地球上的玫瑰园里发现了五千朵，和她一模一样的玫瑰。

电影里说，离开是回到花身边的第一步。小王子的确回到了花的身边，然后，那朵花碎在了小王子手心里。

那时候，我看到臭小子凝视着荧幕，眼中闪烁着泪花。作为父亲，觉得这时候应该给孩子解释什么是爱情以及如何对待爱情。

但，臭小子一直凝视着荧幕，直到碎去的花瓣飞散而去。

父亲欲言又止，才发现自己是多么的幼稚。

电影里还有很多印象深刻的角色，每一个角色一定都是一个隐喻。 比如，狐狸隐喻着诱惑，蛇隐喻着罪恶，玫瑰隐喻着爱情，飞行员隐喻着亲情……

你还可以继续寻找更多。

尤其是那只狐狸。

能说出"如果让自己被驯化，就难免会流泪"这样话的狐狸，一定还是一个哲学家。

"看东西只有用心才能看得清楚。重要的东西用眼睛是看不见的。"

原来，是我没有看懂。

但我还是要驯化这个臭小子，就像狐狸说的：

"如果你驯化了我，那我们就会彼此需要。你对我来说是独一无二的，我对你来说也是独一无二的……"

小王子驯化了狐狸，转眼他们就要彼此分别。

但，臭小子永远逃不出我的手掌心。 因为，"你要永远为你驯化的东西负责。"

如此假托童话之名的经典，只有安托万才写得出来，也只有孩子们才能看得懂。

臭小子上幼儿园已经快一个学期了，几次说好去接他，结果都因为冗长的会议拖沓而没有去成。太太说，那几次儿子都是幼儿园最后一个被接走的小孩，去的时候只见他一个人趴着门在哭。

二十九号去北京，特意订了最晚的航班，以便能够准时赶到幼儿园。一直有个疑问，幼儿园何以会将接孩子的时间设定在下午四点这样一个绝大多数父母都还在上班的时间？

大约因为内疚过头了，明明看到手表显示的时间是四点差一刻，匆匆下了楼才发现三点不到，于是又折回办公室处理了一些杂事，再兴冲冲的往幼儿园赶去。不想，还是早到了。

幼儿园的铁门紧紧地关着，忘了带外套，在冷风中、铁门外侯着，有些手足无措，很自然地想起了当年在劳教戒毒所工作时探视日的情景，有些想笑。

温度越来越低，等待接孩子的人也渐次多了起来。人群中大都是奶奶爷爷级，间或夹杂着几位兴奋的年轻妈妈。保安大叔的时间观念与"执法"的态度令人敬佩。四点整，一秒不多一秒不少，门开了，人群瞬间涌入。可惜，还是没能抢到第一。

臭小子对我的到来表现异乎平淡，感觉又一次自作多情了一把，不过幸好已经习惯了。 他说给我留了吃的，一块酸枣糕，不知是哪位小朋友带来幼儿园和大家分享的。

　　牵着小手，一个台阶一个台阶地下了楼，出了幼儿园。

　　回家……

一整天都很失落，心里总觉得空落落的。

早上送臭小子去学校，在校门口分别。 帮他背好书包，小崽子就想跑。

"你又忘了什么啦？"

"嗷"。

匆匆地微微抱了一下我，肉肉的脸颊刚刚碰到我的脸颊，就撒腿奔进了学校。

臭小子刚上幼儿园时，我就告诉他，只要爸爸送，分别的时候要互相亲一下，这是规则。 在校门口吻别，成为从幼儿园就开始形成的习惯和自然反应。

小学一年级时，有次在校门口吻别，保安大叔竟然"啊哟"惊叫起来，还啧啧啧，啧了半天。 "见过妈妈这样的，从来没有见过爸爸也……啧，啧，啧……"。 我说，"大哥，你干嘛呢"，然后，哈哈哈大笑起来。

也许那一次把臭小子惊到了，到了小学二年级时，开始察觉出了异样。 臭小子先是敷衍起来，后是一抱就跑，接下来则是有意无意的干脆忘记了。

　　每一次，我都会纠正他，提醒他，甚至表示不满，表示愤慨。刚开始有用，接下来有点用，然后，基本没用。

　　龙应台说："所谓父女母子一场，只不过意味着，你和他的缘分就是今生今世不断地在目送他的背影渐行渐远。你站立在小路的这一端，看着他逐渐消失在小路转弯的地方，而且，他用背影默默告诉你：不必追。"

　　这句话，很残忍。

第一封信

阳杨吾子:

　　机场一别已数日, 甚是想念。 这是爸爸第一次离开你这么久, 两年时间不在家, 最担心的是你, 你能够让爸爸安心吗?

　　爸爸不在家, 你就是家中的男人, 要承担起长子的责任, 照顾好妈妈和二宝, 这是爸爸经常跟你说的话, 相信你可以做好的。 当然了, 要履行好长子的责任, 需要你先把自己的事情做好, 不惹妈妈生气甚至暴怒。 爸爸非常能体会你被大人责骂的感受, 那种滋味儿不好受。

　　爸爸在你那么大的时候经常被奶奶骂, 还经常被打呢。 奶奶还专门制作了好几种"刑具"来对付爸爸, 因为爸爸小时候太不懂事了, 不听话, 学习差。 后来呢, 爸爸觉得做好自己的事情也不是一件难事, 一用心就能进步, 越来越进步, 奶奶打骂爸爸的次数也就越来越少了。 相信你也会越来越进步的。

　　妈妈说, 爸爸去北京后你"懂事了, 学习自觉了许多, 学习上也开窍了"，爸爸听了很高兴，要继续保持和努力喔！ 其实好孩子和坏孩子的区别主要在于"自我控制力"的差别，也就是能不能管好自己能力的差别。 在你想看电视、玩 IPAD 的时候，你能控制住自己，去学习、复习功课、预习功课吗？

爸爸一个人在北京，什么事情都要自己做了，洗衣服、做饭、打扫卫生等等等等，好可怜喔。 妈妈现在怀着二宝，你要照顾好她们，除了做好自己的事情，也要多帮妈妈做事。

我会抽时间回家看你们的，什么时候你来北京看爸爸呀？

爱你的爸爸

2016 年 10 月 20 日

第二封信

阳杨吾子：

收到爸爸的信怎么还不回信呢？ 对了我上次忘了告诉你回信的邮寄地址，就寄到爸爸现在北京的服务单位吧。

爸爸曾经对于是否到北京来工作两年时间纠结了很长时期，你可能也会有疑问，为什么爸爸要和你、小竹子还有妈妈分开两年，一个人跑去北京工作呢？ 等你以后长大了，你会理解爸爸的。 光赚足够的钱养家糊口，那只是"职业"，只是谋生，而爸爸现在做的事情，追求的是"事业"。 男人一定要有事业心，要有理想，再往上就是为了"信仰"了，爸爸一直在朝这个方向努力。

男人活着不能贪图安逸、享乐，要刻苦、努力，要有追求，不管多大都应该这样，你能理解这个道理吗？

爸爸还有奶奶以前经常给你说起爸爸小时候的事情。 爸爸从小吃了很多苦，你今天能够在上海过得很好，还吃得那么肥，背后是大人们的艰辛。 爸爸有时候很担心，你从小生活得太好了，经历的磨练太少，以后需要自己独立生活、打拼了，还能不能做得好。 你要知道，无论是什么人，总会遇到这样那样的困难甚至是很痛苦的事情，有的人可以克服，但有的人承受不了。 之所以会出现这样的差异，就在于每个人经历的磨练不同。

爸爸这次到北京工作，离开家两年，对你也是一种磨练。 你作为家中的长子，要承担起家庭的责任，不但要做好自己的事情，还要照顾好妈妈还有小竹子。 爸爸相信你能做好的。

北京天气越来越冷了，还好下个月就会供暖气。 这是爸爸第一次在北方生活这么长的时间，南方人到北方生活会有些不适应，爸爸会尽快适应的。 你也要注意身体喔，特别是不能经常对着电子产品，要特别注意保护眼睛喔。

祝

学习顺利！

爱你的爸爸

2016 年 10 月 26 日

第一封信

亲爱的爸爸：

　　你又要出去将近一个月了，我会承担起长子的责任，因为我长大了。

　　爸爸，我已过完 10 岁生日，已经是个大小孩了，我可以自己管理好自己，妈妈都说我最近有进步，所以，我可以独自一人一直到学期结束，不用你们提醒，因为我 10 岁了，我长大了，不用操心。

　　爸爸，我最近还发现我自觉了，叫妈妈，而不再叫妈或者老妈了，妈妈原来三十几岁就变成二十几岁了。

　　爸爸，我想我以后也这样叫你，不再叫老爸和爸了，我想那应该可以让你回到青春，成为一个大帅哥吧！

　　还有爸爸，我这次想去北京过年，妈妈原来说想回老家过年的，可是爷爷说我们去他那以后他要把他养的狗给杀了吃，我和妈妈就不敢去了。因为我们怕爷爷打狗，但奶奶又说狗肉还挺贵的，而且如果真的做给你吃的话，你肯定会吃。后来想想还是去北京过吧！

　　这封信我是偷偷地，让妈妈帮我保密我写给你的，所以你收到了以后一定会很惊讶的，嘿嘿。

　　　　　　　　　　　　　　　　　　　2016 年 12 月 22 日

第三封信

阳杨吾子：

　　收到你的信爸爸很惊喜。昨天同事把信送过来的时候，我还觉得奇怪，以为又是会议通知或者求助信之类的，结果拆开才发现是你的信，害得我后悔了半天，因为我发现信封有些拆坏了。这是宝贝写给我的第一封信，我要好好珍藏。

　　我觉得你的信写得真是太好了，基本上没有错别字（除了信封上爸爸的名字，"建"字写错了喔！），文笔很通顺，写得妙趣横生。我分享给朋友们看，他们都感动、羡慕、嫉妒得不得了，差点都要"恨"了。

　　谢谢宝贝对爸爸的祝福，好的称呼的确可以让人心情好，变年轻，不过爸爸要回到青春期，变成大帅哥可就有点难了。生、老、病、死都是客观规律，谁都不能例外。爸爸妈妈都会老去，你呢也会一天一天长大。当然了，你要是实现了小时候的梦想，发明出了长生不老药，那就不一样了。说不定经过你的刻苦学习、钻研，还真能实现这一梦想呢！

　　对了，说到变老，过些天就是爸爸四十岁生日了，我的礼物呢？哼！哼！又忘了吧，可不许再像以前那样画张卡片敷衍我哈！

　　关于爸爸吃狗肉的问题，你不用担心，爸爸不吃狗肉已经很多年了，以后也不会再吃的。狗狗那么可爱，又是人类忠诚的朋友，爸爸怎么忍心吃它们的肉呢？听说爷爷养了两条狗，今年过年我们最好去救它们，如果我们不回去阻止爷爷，说不定他会把狗杀了吃。

如果你不想让爷爷杀狗吃，那么，就应该勇敢地去面对，逃避可不是办法。 如果我们不回老家救狗狗，狗狗们就惨了！

　　要记住喔，今后无论遇到什么问题，逃避、躲藏、不敢面对，都不是男子汉的做法。 你说，是不是呀？

　　过几天就是元旦了，你说是我回家好呢，还是你和妈妈还有小竹子到北京来好？

　　好啦，就写这么多，期待你的第二封信喔！

此致

　　敬礼！

爱你的爸爸

2016 年 12 月 27 日中午

人生真奇妙

天空偶尔飘下小雨，我在医院的停车场等待，单曲循环的一首歌里唱到："你赤足，奔过田野，站在树旁"。在微信里记下一句话："人生真奇妙"。

八个月后的周末，收拾行李，返京。臭小子说，"我祝爸爸飞机正在跑道上滑行的时候，接到二宝要出生的消息，嘿嘿嘿嘿……"。爸爸的脸上略过一丝狡黠，偷偷换乘高铁，顺利抵达。

第二天的清晨，没有雾霾，还有阳光，又是一个宁静而又平常工作周的开始。先步行 1.1 公里，到达地铁站，乘三站路，出地铁，再步行 1.1 公里，到达单位。这是一条能够将时间精确到分钟，已经熟悉的路线。

走到地铁站用了 10 分钟，乘扶梯前往进站口，接到电话："我好像要生了"。

逆行出地铁，拦下出租车，直奔机场，3 分钟定好最近的航班，给领导打电话。领导说："赶紧回去，单位有事我盯着"。再给 S 厅长打电话，S 厅长先是祝贺，然后说："你能不能参加完论证会再回去，生孩子没那么快的"。"实在抱歉"。

挂断电话，嘀咕了一句"没人性"。开着车的司机大叔接了一句："太没有人性了！"

难得航班准点，奔到臭小子曾经出生时的医院时，"英雄"已经住院，然后半天没了动静。有些后悔没有听 S 厅长的话。

老娘的牙龈莫名出血不止，已经几天了，决定趁着间隙带她去看牙齿。挂好号，等待就诊的时候，电话响了："医生说，半小时左右可以进产房"。

扔下老娘，驱车再奔，赶到产房外，一圈都是焦急等待的人。按下门边的对话铃，一个生硬的声音飘来："家属等着，等通知"。

17：57 分，在微信上写了一句话："今天像拍电视剧"。

18：04 分，再记下一句话："小崽子还没出来就和臭小子合谋折腾本爹，再加一个老娘，这年头男人容易吗……"。

纠结要不要先去上个厕所，又怕那个生硬的声音随时飘出来，从一圈人，到零星的几个人。

第二天 9：41 分，微信记载："昨晚九点三十八分，小丫头片子诞生，本爹心情平静，输给臭小子一千元。我咋这么笨，赌的是千金，还赌男娃，不输才怪"。在设为隐私照片时，共有点赞 288 个，留言 382 条。

15：04 分："回到爸爸妈妈身边，以后永远不分开……"。

21：09 分："香丫头与臭小子"。

大家都说，女儿是爸爸上辈子的情人。如果这句话属实，我用力想，应该能想起上辈子的她来。使着劲想了一次又一次，脑袋除了一片空白，还是一片空白。

第四天，早晨 7：08 分："香丫头要回家了"，附的照片里嵌着一句话："怎会记得，前世有你这样儿的，小情人"。

10 天后的 23：42 分，臭小子在留言板上亲笔写下给妹妹的祝福语：

祝小竹子：勤奋、美丽，早点出嫁！

——哥哥

烛语

烛光在我的心中总是一种美好的记忆。

我的童年是在乡下度过的，那时候的乡下还没有通电。每个晚上我从梦乡里迷迷糊糊地醒来，总会发现母亲坐在窗前的一张方桌旁，桌上堆着一大堆本子，旁边点着蜡烛。烛光柔柔的，母亲慈爱的脸庞映在烛光中，我总觉得好看极了，于是总会呆呆地望着，直到小被子滑到地上。母亲很快地，轻轻地走过来，给我重新盖好被子，斜坐在床沿边，轻轻地拍着我，哼着"摇啊摇，摇啊摇……"。于是我又迷糊地睡去。后来，我家迁进了城里，那时城里都用着电灯，发着黄黄的光的那种。以后的八年，我似乎对于烛光没了什么记忆。

念高中的时候，我寄读在近郊的一所中学里。学校的管理似乎极是严格，每到晚上九点，必定准时地熄了灯。学校的学生大半是极难读上中学的乡下孩子，他们读书几乎像发了疯似的。熄灯后，整栋教学楼会很快的被烛光映得通红。那样的夜晚，每当被烛烟熏得难以自持的时候，我会悄悄地走到教学楼不远处的一片竹林边，深深地吸几口新鲜空气，活动一下筋骨，心里叨念着"何时才能把它当作美景来欣赏"，然后折向校长女儿开的蜡烛店。

进了大学后，我以为烛光将会永远是一种美丽的回忆了，可我却是发觉烛光第一次地离我那么近。在每个几近无聊的卧谈会结束后，我会取下耳机，走去把灯关了。然后点上一支蜡烛，还有夹在指尖的一支香烟，静静地久久地凝视着一缕一缕的青烟在烛光里袅袅。总在那样的时刻，我会缓缓地抚平一天浮躁的心绪。然后摊开信笺，给远方的亲友写封信，或是给自己写一首诗，直至烛光消失在那一瓶盖烛泪里。

若干年后再回想，想必又是一种美好的记忆。

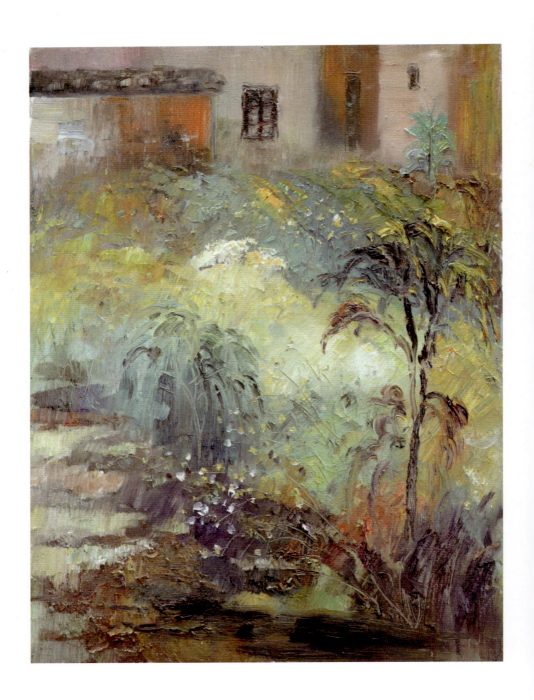

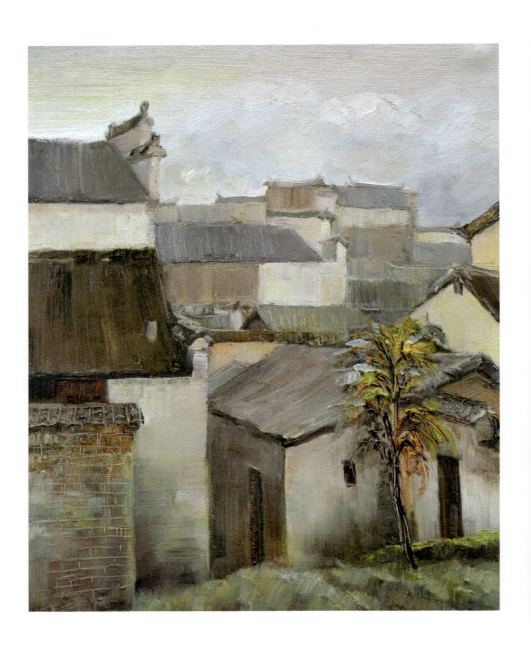

回家看雪

　　有六年没有回家了，我早已习惯了远离家乡独自一人的生活。在 C 城过的冬天中，记忆中雪下得最大的一次也只是把屋顶薄薄地染了一层白，而且很快地匆匆化去。 常常对自己说，家乡没有什么可以留念的，只有雪，家乡才会有的素洁、温柔的雪总不能从梦乡里驱逐出去。

　　六年前回家乡，火车刚刚进入贵州，窗外就已开始雪花纷飞，心中不禁开始忐忑起来。 等到进入江西的那一天，果然已是融雪的日子。 当走下火车时，雪，已经消融殆尽。

　　我喜欢雪，打小就喜欢看雪花挥洒飘逸的身姿，喜欢雪的素洁与温柔，喜欢在下雪的日子独自一人伫立在银灰色的苍穹下，任凭雪花把自己与大地融为一体。 我领略过北方大雪的酣畅与粗犷，品味过西南小雪的碧玉与细腻，但能感动我的只有家乡的雪。

　　过去六年了，我回到家乡，感谢天公作美，今夜又听到了冰粒子洒落到瓦上时细密密的声响。 我知道只有下了一层冰粒子后，雪花飘洒下来才会持续数日不化，才能把大地染成白茫茫的一片。

　　在家乡同母亲一起坐在暖暖的炭火边，我真切地感受到了家的温馨。 我向母亲讲述了这么多年来自己在 C 城的生活。 母亲聊着我以前朋友的情况……"噢，你知道吗，雪儿去深圳打工了？ 每年给她家寄好些钱，不过……唉，人都会变的呀。"

我默然无语。

春节

每当阴雨的天气降临，在家乡过春节的心情总会立即变得忐忑，甚至恐惧起来。 走在小城泥泞的马路上，一如历险。 次数多了，竟然还能总结出一些规律来。 譬如小车肯定比大车溅起的泥水多，紧挨着商铺走路要比在马路边上的人行道上走路要安全得多。 在小城边缘的村子里生活了 60 多年的舅妈肯定还没有发现如此高深的规律，至少当一辆小车重伤一行人，再从她背后迅猛直冲过来把她撞翻在地，四个轮子轧过她的身子之前，她，还没有发现过……

我不知道夹杂在由亲戚组成的人群里，到某稽查收费所去"理论"的时候，人们是在用怎样的眼神看我。 至少穿着笔挺制服慷慨激昂的某所长绝不会把我这个文弱的书生看成这一事件的威胁者，正如他所言，"这里不是北京、上海"。 旁边三部车里虎视眈眈的壮汉们，也大约不会盯着长得十分不像刁民的我。 在亲戚的眼中，找不到强有力"上位官"的我，也不过是还须要多接触社会和直面社会的后生。

我很诧异平时木讷、忠厚、老实，生活在远离县城的一位远房亲戚何以竟有如此丰富的"维权经验"，何以竟能提出"不闹不解决，小闹小解决，大闹大解决"、"紧闹紧解决，慢闹慢解决，不闹不解决"等等充满哲理的斗争策略；很诧异为何亲族、故友竟能一呼百应，啸而聚之；很诧异对于这一事件的解决，数以百计之人中（包括据说以法律为业的我），为何竟没有一人信任公权力机构……

或许是先行支付的 1 万元或者是别的什么原因，亲族放弃了抬尸"理论"的想法。 在尚未得到切实的"说法"之前，舅妈被安葬在她生前劳作的菜地里。 在乡村，这是极其危险的做法，因为这是整个家庭软弱好欺的醒目标志。 事实上，多年来所发生的数起事件的结局早已证明正是如此。 而在事发之初，某稽查收费所所长早已经了解到这其实是一个较为"本分"的家庭。

春节即将到来，也即将结束。 舅舅已经做好了到省城帮唯一的儿子带小孩的打算。 我们这些回老家过年的后生，也将再一次带着亲族"一定要做大官、赚大钱"的嘱托，再次离开小城。 失去媳妇照顾，行动不便的外公和外婆将留在小城边缘的村子里继续生活。

在托人购买返回上海火车票的时候，我意外的得知 90 多岁的外公现在是村子里最年长的老人。 越来越多的村民尊称他族长……

闲时打麻将

一上麻将桌，方知春节至。 数年回一次老家，数年打一次麻将。 对于我而言，麻将或之前流行的"拖拉机"大体就是回老家过春节的标志。

学会打麻将还是十余年前在山城戒毒所工作期间的事情。 那时候已经确知考上了研究生，离报到还有一些时日。 就在这一段空闲时期，我加入了麻将阵营。 重庆人好打麻将之名远扬，全民皆兵的阵势蔚为壮观。 在戒毒所打麻将基本上没有赢过，虽然打的时间不长，输的银子倒是不少。 正式离开的时候，几位牌友同事把赢我的钱作为贺礼，累积起来竟颇有一些数字，大体亦有两百元之巨吧。

其实我一直对于麻将、牌九心存芥蒂，总认为那不是什么正经人干的事情。 大学时代曾利用寒假时间在一乡间派出所见习，每日就是和师傅一起去抓赌。 那时候乡下派出所的经费来源还主要靠罚款，平常补贴，节假日发些小钱之类也指望罚款所得（不知今日是否依然如此）。 但是乡间民风淳朴，违法犯罪事件十分罕见，没什么大的可罚事由。 不过乡间多有小赌之风，尤其是在农闲、节日期间，于是抓赌就成了派出所主要干的事情。 另一个原因在于罚赌可以依法罚到三千元，这个数字十分可观。

　　抓赌是很讲技巧的，村民早已经被抓刁了，没有人会傻到连人带赌资一块被你逮个正着的地步。 如果没有证据证明有彩头，这趟活就算白干了。 师傅带我抓赌，多冲的是农妇们摆的牌局(那时候还不流行麻将，多打的是"拖拉机")，必要时还会带回派出所吓一吓。师傅抓赌的技巧的确十分精炼，他的两句话迄今让我印象深刻："我知道你们没有打钱，没什么事，不用害怕"，"打输了让谁请客哈"。 农妇们大都会上当，而师傅也会依法从轻罚款。

　　摆开牌局，邀上亲友，一边砌长城一边聊着几年来的人事变迁，春节的气氛也随之弥散。 不过我照例输多赢少，老妈买菜的钱包照例渐渐鼓囊。 突然想起十多年前抓赌的经历，不禁哈哈大笑起来。2005 年，高法、高检、公安部联合发布的司法解释强调："要严格区分赌博违法犯罪活动与群众正常文娱活动的界限，对不以营利为目的，进行带有少量财物输赢的娱乐活动，以及提供棋牌室等娱乐场所并只收取固定的场所和服务费用的经营行为等，不得以赌博论处。"这一司法解释终于在严打赌博之风时进一步明确了赌博的界限，甚为恰当，只是来得太晚了些。 看来，有时候需要干点"小坏事"，才知用"法"的深浅与尺度，否则难免做出许多荒诞事情来。

　　此次回老家，方知麻将已完全取代"拖拉机"成为市民、村民休闲娱乐的主要方式。 走街串巷，难见闲人，但闻砌长城之声。 美国犯罪学家赫希有句名言"游手好闲是一切罪恶的根源"，看来麻将这东西不仅是国粹，其对社会治安稳定亦功不可没呵。

兰若寺

1987 年版电影《倩女幽魂》，成功演绎了七零后男女对于"梦中情人"的所有幻想。 也因为这部电影，七零一代无有不知"兰若寺"者。 兰若一词本是梵语 aranya 音译"阿兰若"之简称，原意为森林，引申为寂静，远离尘世之处。 寂静远离尘世的古寺，可能还能遇见"小倩"，这真是一个令人神往的地方。

一直以为兰若寺只是聊斋小说与电影中的虚构的鬼域古寺，直到五年前第一次自驾一千公里回乡过节。 回到家乡不几日，已是百无聊赖。 随意在苹果地图上搜索可以游玩的地方，竟意外搜出一处名曰"天台山兰若寺"的去处来。

驱车四十余里，已入乡村小道，路面坑洼，仅可供一辆车通行。到达天台山脚下，却无法找到上山的路。 迎面而来一散发女子，摇下车窗，女子热情指点山上之路。 驱车折返前行，回头望时，散发女子已不知所踪。 幸好当日天气晴朗，阳光明媚。①

上山之路没有修整，估计无法行车。 查询，天台山海拔 802.1

---

① 记得当时发了一条微博，一位故友的评论印象深刻，一年后，故友早逝。

米,决定弃车徒步登山。 一路草木葱郁,残雪流溪,罕见人迹,果然有寂静远离尘世的味道。 到达一片青翠竹林,古寺已抬头可见。 江西旅游网介绍:

兰若寺始建于唐贞观二年(628),始建者为碧云法师。相传碧云法师曾就学于浙江天台山,深谙禅学,后芒鞋纳衣云游天下寻修行胜地。行至永丰三十一都(今陶唐),见一山"层峦叠嶂,松竹呈幽,奇花似锦,百鸟和鸣,朝霞飞彩,夕照铺金",有灵鹫之气韵,有天台之灵性,乃征得山主同意,称此山为"天台",并在此建寺,两年后寺庙建成,院内充满奇香,多日不散,遂将佛寺命名为"香城院",其旧址今称东庵。相传当年虎豹成群,建寺后虎豹消失,后人称降虎处为伏虎坡。贞元年间(785～805),慧空大师重修。元朝废。

明洪武五年(1312),慈济法师重修,改名为"天台兰若"。明弘治年间(1488—1505),受弘治帝御赐衣钵玉杖的高僧像虚大师(又名真镜和尚)入住此寺。相传当时水源奇缺,像虚大师每日跏趺坐于山岩,默诵佛号。一日山岩终于涌出清泉,故称"拜泉"。像虚大师于明嘉靖二十五年(1546)圆寂,葬于天台山伏虎形,其灵塔至今保存完好。

1985年,释法福等募捐重建,改名"兰若寺"。

入寺需先经过一座牌坊,中书"天台兰若"四个大字,左右对联曰:"天连净土层峦起伏朝灵鹫四面云山收眼底,台接莲池九品分明绽心华众生疾苦揽胸间"。 如此僻静荒野之处,竟能有如此气势磅礴、禅意悠远的对联,着实令人惊叹。 寺中既无修行者,也无游客,随意闲逛,饮拜泉水而归。

二访兰若寺已是四年后的一个早晨,只有一位颤巍巍的老和尚在打扫寺前的落叶。 老和尚放下竹帚,合十相迎,又缓缓前行引路,逐一参观寺中大雄宝殿、天王殿、毗卢殿、燃灯阁、山神庙、祖堂、寮房、斋堂等处。 一路上老和尚嗫嚅轻语,大部分听不清晰。最后引到厨房,取出茶点款待。 茶以拜泉水冲泡,还能品出四年前的清冽香甜。 在寺中帮忙的居士说："老和尚等的是你呀"。 诧异地回答："弄错了，不是我"。

今年春节返乡，三访兰若寺。 上山的道路已经修整一新，去古寺的路上新建了许多新的建筑，香客川流不息，鼎沸嘈杂。 一条行人踩踏而出的小路横穿竹林，让通往兰若寺的路近了很多。 过牌坊，寺前鞭炮震耳，接连不息。 诧异之时，偶见寺内新挂瓷像一幅，像中老和尚，安详如故。

有人说，缘不过三，我想，今后不会再登兰若寺了。

往闽南过年，行前匆匆，准备不足，只一日，已闲致无聊至极。见窗台上有佛书若干，取来翻阅以打发时间。

这些小册子包括佛教经典、佛教知识入门、法师讲经答疑录等诸种，意外的是还有《弟子规》。将《弟子规》亦纳入佛书之列，有些费解。佛书上大都标明"免费赠阅"、"免费赠送，结缘流通"、"免费赠阅，欢迎助印"、"赠送结缘，欢迎翻印，功德无量"等字样，并附有助印者的名字与捐赠金额。将翻印视为功德，讲究"结极乐缘"，这倒是值得现代所谓知识产权保护制度倡导者反思。

中国是佛教大国，寺庙林立，信徒似乎也遍布街巷。然在我看来，真正可称为"信徒"者着实不多。国人是务实的，有事则求佛，无事则敬佛。求佛为功利之信，或者"临时抱佛脚"、"无事不登三宝殿"，或者做长线投资——希望得到菩萨的庇护。敬佛为敬畏之信，生怕冒犯了菩萨，哪天遭致报应。

小册子中有一本名为《礼敬佛陀》，讲的是佛教常识，譬如上香的方法，合掌的方法，礼拜的方法，等等。以最基本的上香法为例，标准的做法是：（1）将香点燃，（2）用两手的中指和食指夹着香杆，大拇指顶着香的尾部，(3)安置胸前，香头平对菩萨圣像，(4)再举香齐眉，(5)之后，放下如第三动作，(6)开始用左手分插。 第一支香插中央，插时默念"供养十方三世三宝。"第二支香插右边，插时默念"供养历生父母师长"。 第三支香插左边，插时默念"供养十方法界一切众生和我某某的冤债障类"。 若按此等标准，则寺庙中绝大多数礼佛者都是不合规矩的。

还有若干经书，其中一本名为《集福消灾之道》，其内容是对《太上感应篇》逐句进行阐释，并辅以若干通俗易懂的故事。 讲了那么多，其实不过是强调因果报应，劝人去恶向善。 因着佛教因果论的影响，古之国人行事多有敬畏之心，总怕遭了报应，因此做恶也忌讳做绝了。 当代以后，因果论似已被唾弃，因此当今国人敬畏之心日淡，做事也就越来越没了底线，譬如拆人房子、绝人子孙也做得理直气壮、毫不顾忌。 据说西方之所以有"黄祸"之说，其中有一个原因就是认为中国人缺乏敬畏之心——什么事情都可能做出来，因此也就足以令人恐惧了。

"此地古称佛国，满街都是圣人"（朱熹语），泉州地区祭祀礼佛之风迄今浓厚，家家尊奉祖宗牌位和土地神等神灵，"现代化"了的庙宇随处可见于居民区、商业街中。 大年三十等特定日要在家中进行隆重的祭祖、祭神仪式，正月里则还有抬菩萨、迎菩萨的进香风俗。 抬迎菩萨的日子十分热闹和壮观，我有幸目睹了一回： 奔驰车与农用车迎奉开道，车载礼炮、鞭炮轰鸣，琵琶、二胡等民间乐器齐奏，夹杂舞狮、拍胸舞、小丑等表演。 在香烟袅袅中，有时给人以嘉年华的错觉。 但菩萨到来时，争奉供品的村民们是严肃的。 抬着菩萨的农民也是神圣的，神圣不仅写在他们脸上，面对他们，无论是大官还是富商都是那么的谦恭和虔诚。

抽了一天时间去泉州市访古，在华侨大学法学院吴兄的热情向导下，拜谒了伊斯兰教的圣墓、道教的老君岩、佛教的开元寺等处名胜。 泉州地区素有"世界宗教博物馆"之称，果未虚言。 有趣的是，各种宗教、教派在泉州相安无事，据说从未发生冲突。 有时候一个庙里面还供了好几种宗教的神像，泉州人也一并膜拜毫不在意——只要能保佑自己就可以了。

这些书大约是丈母娘从普陀山带回来的。 去年她的身体状况十分糟糕，于是长途奔波了十多个小时去了普陀山，待到达时已经虚弱不堪。 不知道她是如何爬上普陀山的，只听她说爬一步就念一句"菩萨保佑"，礼佛后病情竟大有好转。

由于春节假期有不得带书籍等物的"家令"，突然之间放松后脑袋照例疼痛起来。 "奇怪的是"，随意翻阅佛书后，头痛竟然消失了。

上海也有小镇，镇上有稻田，有小河，还有大卖场。 小镇生活的每一个角落你都熟悉，因为熟悉，所以亲切。

小镇有边界，是否越界你都很清楚，不像都市里的生活漫无边际。 若走得远了，很容易找到三轮车，不管是人力的还是机械的，五元就能回家。 在小镇上，你可以活出地头蛇的气势来，只需报出居住的地方，无良商家也会让你三分，更不用说外来客了。

小镇有山，是上海唯一的山，名曰佘山。 乍一听会以为是毒蛇遍野的地方，其实佘山并不荒芜，更没有蛇。 山不高，百米不到，也许称为土坡更合适，五六分钟就可以登顶了。 但镇上没有建筑比她高，于是土坡也伟岸了，在小镇的每一个角落你都能看见她。 躺在床头眺望山顶，那种感觉很是惬意。

如果是夏天，傍晚可以在蛙声聒噪中睡去，清晨可以被不知名的鸟声叫醒。 随意套上几件宽松的衣服，睡眼惺忪就可以去爬山了。山上有教堂，半山腰有圣母堂。 累了，可以坐在圣母堂的最后一排，看虔诚的信徒读经、唱歌。 山上有竹林，有老虎花，还有各种你叫不出名的花草树木。 有时候，整条山路，整片竹林，都是你的。

小镇的天空是蓝的，清澈的，可以看到星星。 如果懂些天文知识，可以辨别出牛郎星、织女星，还有北斗七星。 常会有飞机从天空飞过，飞得不高也不低。 如果在晚上，看到天上移动的灯光会有遭遇 UFO 的错觉。 若有兴趣，可以随便编个故事出来。

小镇的东西并不便宜，青菜也会比市区贵许多，让人觉得诧异。不过没有关系，你可以买把锄头，随便寻个无主的地，刨出块菜地来，尽可去种自个喜欢的东西。 不需几个月，定能找出几分悠然见南山的感觉来。

小镇没有隐士，都是老百姓。 一辆摩托车，一辆三轮车上就有一户人家。 可以看见男人古铜色的肌肤，兴奋而又有些羞怯的孩子——通常会有两三个甚至更多，还可以听见女人奇怪的呵笑或者大笑。

小镇是恬静的，怡然的，慵懒的。 绝见不到有追求的人，更没有可以谈理想的人。 这里只有琐事，每个人都似乎可有可无，但镇上每一个细微的变化你都会察觉，甚至惊叹。

又见佘山

有好些日子没有住在佘山了，乘着夜色回到小镇。清风徐徐，月明星稀，躺在露台上小憩，心绪空空，神情怡然。习惯性地眺望远处，矗立于山顶的佘山教堂竟然忽绿，忽红，忽黄，忽紫，通透地变幻起色彩来。夏夜里轮廓依稀点缀着些许灯火的佘山教堂，不经意间已成为了一种记忆。想不到远东第一大殿也为一场盛会，旧貌换了新颜。

一早醒来，决心实地去看看佘山教堂究竟有了多大的变化。"夜上海"一曲未终，已至山麓。已经有一年多的时间没有在清晨爬山了，那时候只是为了锻炼身体，却未想到原来这也是一种奢侈。

这一次，佘山的变化可谓彻底。土石路全部换成了清一色的青石板路，路边供游人休息的简棚换成了新建的茶室，天主教堂更是修葺一新。"文革"中损毁后一直未能恢复的彩色玻璃，也重新得以安装，在日光中，熠熠生辉。圣母大殿入口处摆放着免费取阅的教会宣传资料，《世博会〈宗教信仰知识〉必知》《走进世博——信仰知识必读》引人注目。几年前怀着朝圣的心情造访少林寺，希望能感悟佛主四大皆空的境界，结果发现它原来不过是一家与时俱进的皇家寺院，连最近圆寂的方丈墓塔上也刻着笔记本电脑、飞机等物，不免失望至极，以至前次再赴洛阳，已经没有了重上少林寺的兴趣。

环圣殿而行，彷徨若有所思。 又记起平安夜独上佘山所读到的2009年圣诞牧函。 牧函名《利玛窦颂》，为纪念中国宗徒利玛窦神父逝世四百周年而作。 天主教上海教区金鲁贤主教在牧函中回顾了利玛窦神父的一生，其中还引用了温家宝总理的观点。 牧函对于利玛窦之后教会盲目推行传教路线引起礼仪之争，导致清廷严禁天主教，残酷镇压教徒的做法进行了反思。 其中一段历史记叙印象至深：

> 教宗就派了钦使来中国，他朝见了康熙皇帝，康熙向他说明尊孔祭祖是俗礼，并非宗教，钦使坚持自己的观点，康熙指着匾上的几个大字（正大光明）问钦使"识否？"钦使说"不识"，康熙说："你连中国字都不识，怎么来中国指手画脚？"

从前多在文本中了解宗教，总以为天主教、佛教等诸教注重与世俗之间保有距离，以出世为信仰之真谛，走近观之，实并非如此。 任何一种宗教的兴衰命运无不与其入世的程度成正比，世人对于宗教的误解，多因"投射"技巧运用的结果吧。 或许，不入世如何懂得出世，又如何能够出世？

出了圣殿，来到山腰的中山圣母堂。 "小堂筑山腰，且憩片刻休孝子礼；大殿临峰顶，再登几级求慈母恩"的对联依旧，然倚阶乞讨的那位老丐已不知所终。 圣母堂内修女正在教唱圣歌，轻轻地走了进去，有人送上《圣经》和《妙音》。 习惯性地坐在后排，附和低咏。 是时吟唱的是《奉献身心》，其词云：

> 我主天主，
> 纳我自由，
> 能力意志，
> 恳请收受；

我心我灵，

承恩隆厚，

报本思源，

虔心奉求。

将我所有，

任凭支配，

从你圣意，

力行不备；

祈望我主，

宠爱扶佑，

我心已足，

再无他求。

　　在和缓的圣歌声中往竹林小径走去，如果竹林尚在，必是翠竹映绿了……

那处泛着温暖灯光的地方

　　不惑之年，家人说，应该找一处可以养老的处所了。 一直当做玩笑，慢慢才发现这是个严肃的任务。 认真考察过很多地方，包括朋友 S 极力推荐，可以归隐的"山水之间"。 不过，总觉得少了点什么。

　　周末夜宿 Y 村，一个古有酒肥稻黄之称的小村落。 薰衣草还没有到开放的时节，看不出这里有什么特别。 来时还因为迷路，对这里只有偏僻荒野的印象。 遇见书屋的确是一个意外，虽然开在一栋奇怪建筑楼顶，如果不仔细辨别还很难发现，但已经十分令人惊讶。

　　记得多年前访问瑞典隆德小镇，那是个冬天，每到夜深了就会冻得发抖。 有一天晚上偶然发现住的旅馆对面有座一层楼的屋子，彻夜泛着黄色的灯光，在失眠的冬夜异常温暖。 离开的时候，朋友说那是镇图书馆，二十四小时开放，经常有流浪汉在里面过夜避寒。虽然没有来得及进去看看，但那样温暖的灯光从此留在了记忆深处。

　　近些年国内也开始把图书馆作为文化工程来建设，不只是大城市，一些县城、小镇也都会有图书馆。 虽然不乏豪华的建筑和惊讶的藏书，但总觉得那些图书馆建得有些生硬，还常常在周围的环境衬托下显得有些突兀。

　　书屋的书不多，只有两三排书架和几个摊着书的桌子散放在宽敞的屋子里。 随手取了几本：《地图册》《哈佛中国史： 最后的中华帝国》《集权主义的起源》，还有《逃离不平等》。 这里的图书竟然不是地摊读物型，再一次让人惊讶。 《地图册》是阿根廷作家博尔赫斯的小册子，大约只有两万字，散文中还夹杂着收录了博尔赫斯的几首诗。 读到那首《狼》时，已是闭馆的时间：

　　　　在最后的昏暗里，

　　　　灰狼悄悄在河边留下足迹；

　　　　这条无名的河为你的喉咙解渴，

　　　　浑浊的水面映不出星光。

　　下了楼，给家人发了条短信："就是这个地方了？"

我在戒毒所的日子

　　不知道中国是不是有着厚重的虐囚亚文化，至少描绘监狱的各类作品中，狱卒总是以一种令人厌恶的形象出现。　尽管我总是试图从法律上说明和强调自己去工作的单位是劳教戒毒所，而不是监狱，尽管我还没有去上班，但在绝大多数人眼中，我似乎早已经成了脑后拖根辫子、跨把腰刀、叉腿而立的狱卒，或者是一转身腰间挂着的黑警棍便会打个弧圈的狱警。　我即将到戒毒所工作的消息很快传回了千里外的家乡，亲友们都为我辛苦读了四年大学却读到"号子"里去守班房而惋惜和诧异不已。　直到近 10 年后的今天，我仍然常常不得不得为我曾经去的到底是什么性质的机构解释半天。

　　戒毒所在重庆远郊偏僻的一座高山上，山的名字早已经成了劳改场所的代名词。　报到那天，我和另一位同校毕业的新同事是跟着一群鹅上山的。　我们租了一辆小货车，拉着行李沿着盘山公路颤巍巍地上山。　货车正前方有辆塞得满满的中巴车，车顶载了十多只鹅。中巴车一打弯，那十几只鹅的长脖子便会在空中整齐划一的晃一个弧圈。　已经记不清盘山路上有多少个弯，也不知道鹅脖子整齐划一地划了多少个圈，总之那是一种令人印象十分深刻的旋律。　我们就这么在充满韵律的节奏中，在一种日益凝重的心情中到达了戒毒所。以后在中队里对戒毒人员搞队列训练的时候，我总会想起那十几只脖子整齐划一打着弧圈的鹅，有时候还会禁不住哑然失笑起来。

我被安排到了一中队，这是与所部最毗邻的中队，和新同事分手时，他的眼神里充满了羡慕。宿舍是劳教人员宿舍楼旁边两间废弃多年的教室中的一间，要到达那里需要穿过操场。因为是夏天，"粉仔"们大都光着膀子散坐在乘凉。穿过操场时，我试图尽量摆出威严的姿势来。那时候我很瘦小，脸庞也十分学生气和孩子气——今天依然如此，不知道当时的神态会不会有些滑稽。平生第一次近距离看到吸毒者，记忆中只有那些令人生畏而有些呆滞的眼神，还有那些各种各样奇怪图案、文字的文身。

虽然有明显被打扫的痕迹，但废弃教室里那种霉湿气令人窒息。铺着青砖的坑洼地面间或还有几根青草一样的植物，一张锈迹斑斑的单人铁床孤零零地安在墙角。躺在床上，借着月光竟能看见青蛙闯进屋子，观察到它们捕食蚊子的每一个细节！

在戒毒所的第一个夜晚是那样的明亮和漫长……

一封奇怪的信

我不大相信网上的东西，因为我不想自己也变得飘渺起来……也许是你改变了我的看法。

我不知道你身在何处，不知道你真正的名字，不知道你的模样，甚至不能确定你的性别。 或许在我们有生之年也永远不会有面对面的机会，即使是在某一个火车站的入口，你我风尘仆仆，擦肩而过，也没有谁会想起我们曾经在虚拟世界里相遇，彼此都是第一个想说真话的"陌生人"。

昨天晚上，我去见了一位朋友，从千里之外而来，带着朋友。总觉得应该说点什么，但是没有。 一年前离开 X 市时，朋友来火车站送我。 "你还有什么话要说吗？"，"没有"。 火车开动，我把头伸出窗外，站台上空无一人……

我常常像苛求自己一样苛求别人，不过从今夜开始，我再也不会苛求自己，更不会苛求别人了。

以前我是××，和××的人打交道，那时候说假话不过是为了保护自己，这一点在网上似乎也很实用。 不过我再也找不出说假话的理由，因为我知道自己永远不会再是××了。

所以我决定对你说一句真话："不要相信我曾经和你聊过的任何东西，或许也包括这封信。"

此情可待成追忆

　　毕业十周年，能回重庆是个意外。当晚点的航班降落江北机场时，同居室友老熊和学成早已等候在机场外。十年中和学成见过多次，但和老熊只在五年前见过一次。那时候老熊新买了一辆千里马，还不大敢开，而这一次却已换了一辆大车，而且一边跑着高速，一边不断的接打着手机，气象已大不一样了。车子顺路去火车站接另一位同学。在川流的人群中，我一眼就认出了风采依旧的老廖。在十年班会上，老廖感慨这是一种宿命，因为十四年前他第一次到母校时见到的第一个同学也是我。

　　重庆厚重的麻辣火锅再一次让我不能适应，一如十四年前初到山城。毕业十年，大部分同学都未曾见过一面，但十年后的重逢却并没有丝毫陌生的感觉。没有想象中的那么煽情，我的心情异乎寻常的平静。每位同学仿佛都定格在十年前，会说什么，怎么说，什么时候说，都在预料之中。不经意间已经大醉，凌晨三点醒来，头痛欲裂，起来烧了壶热水，又迷糊的睡去。

　　第二天一早，车行内环经大佛寺长江大桥重返母校。这已经是座令人陌生和诧异的新兴城市，完全不是记忆中的陪都与古城，除了一些地名还有些许印象，一切都是如此的恍然。十年未曾改变一个人，但却已经改变了一个城市。

改变的还有一所大学。很多年前，母校已经更名为大学，经典的牌坊式校门也已经不见踪影，换上的是新兴大学的那种典型的几何式校门。甲流正在校内蔓延，据说已经隔离了超过五百名学生。从前的信息厅前拉上了"医学观察隔离区"的醒目横幅，其后是大学时代三点一线生活的轴心——教学楼。每个人都在努力搜寻曾经的记忆，但显然，它们都已经成为了这所急剧膨胀的校园中散落的角落。登上新建的行政楼，第一次俯瞰曾经流连的翠湖，湖心的竹亭已经不知去向，湖水也已深绿得泛黑，这已经不再是一个可以吟诗的地方。

回到食堂用过午餐，在迫切的心情中去看望重庆的家人。因为怕我找不到新家，夏叔早已在小区门前等候多时了，就像十四年前一样。新居一尘不染，整洁有序，这一定是陈姨的杰作。亲戚们陆续汇聚而来，晚餐围了一大桌子，回锅肉的味道依然是那么熟悉。重庆五年，我没有融入这座城市，但却完全融入这个家族。

晚上，龚叔驱车送我上南山之巅的度假村与同学会合。一路聊着重庆打黑，听的仿佛是《金钱帝国》的生活版。只是"乐哥"垮台带来的是香港的廉政时代，而"强哥"的垮台带来的是另一个"强哥"的时代，这也是一种宿命。① 到达南山时，酒席已近尾声，正式宴会已无第一顿晚餐的气氛，大家都很矜持，没有人真正大醉。酒后登观景台远眺重庆夜景，层峦叠嶂，晚灯错落有致，山城夜景果然经典。母校位于南山之麓，而我却是第一次登顶观夜景，不禁思绪万千。

---

① 重庆市公安局原副局长文强人称"强哥"，因为破获张君悍匪案而"成就一方"，悍匪张君曾化名"陈强"，其情妇称之为"强哥"。

早早醒来，难得如此惬意和闲暇，决定独自一人品位南山之晨。重庆曾贵为陪都，每一个角落都能不经意间与民国时期历史名人相遇，不过能拜谒于庄仍令我有些惊喜。于庄为国民党元老、大书法家于右任在抗战时期修于南山之别墅，远见繁盛林木中藏着两栋雅致的小楼，未走近已知必是于庄了。铭牌上介绍说，于庄两楼一底，用砖、石、木等质朴材料所建，倚栏或凭窗可远眺山城和滚滚长江，与自然环境融为一体。跬入于庄，我不禁驻足愕然。但见残木横地，枯叶满园，墙体剥落，屋瓦塌陷，小楼门上订着"禁止靠近危房"的鲜红警示牌，真可谓"与自然环境融为一体"。踌躇入园，踩着枯黄的落叶，耳畔回旋着太平老人"天苍苍，野茫茫，山之上，国有殇"的绝笔，竟至潸然。

　　翌日为中秋，改航班提前返沪。行前与师兄高教授，少年司法界同仁曾副院长等诸君相约咖啡馆，谈兴欢。高、曾二兄冒雨至机场相送。

感悟两栖生活

十余年前，我正在西部某劳教戒毒所一中队做管教干事，有段时间管教的是电脑培训班学员。某一天，突然来了一个由京城官员和专家组成的调研组，正在值班的我被北京来的领导直接命令集合电脑培训班全体学员接受调研。当劳教戒毒人员噼里啪啦的演示汉字输入法时，某专家很带感情地感慨："进步了，真是进步了，连戒毒人员都能在这么好的教室里学电脑技术了"（大意）。另外一个访谈中的问答迄今印象深刻，某领导问："你们一周能吃几次肉"，某学员答："我们每天都有肉吃"。望着深受感动的调研组离去的身影，我不禁哑然失笑。直到今天，那些领导和专家大约仍然不可能明白我为什么会"哑然失笑"。

不久前，有幸与某著名学者共同出席某单位的专家评审会，其间和他共同探讨了一个问题，这位受人敬重的学者以凝重的神情与不容置疑的语气阐述了他的观点。在感到"纯美"之余，我竟至无言以对，只是突然之间明白了什么叫"书生误国"。

很多人问我在检察院挂职的感受，问烦了，我就会讲上边两个亲身经历的故事。

不过与十余年前在海拔千余米的深山里做最底层小警察不同的是，这次是在大上海的中心城区做一个可称为"院领导"的副检察长，尽管是"挂"，但怎么着大小也算个"领导"。

应邀出席很多活动，活动主办方、主持人常会有意或者无意地疏漏掉我的大学"教授"身份，而只介绍："这是上海某某区副检察长"。有一次到某城市开会，一位同学专程从另一个城市赶来共聚晚餐。某同学逐一向所邀的大小本地官员介绍，"这是我的同学姚建龙，上海某某区副检察长"。在他每次介绍后，我都补充一句"挂的，临时工，其实我是华东政法大学的老师"。酩酊大醉后，某同学竟不知所终，大约因为我说错了什么话。还有一次为给所挂职检察院"扒"些宣传考核分，到某电视台做节目，主持人竟然说，"我可不可以不称呼您教授，因为不好听"。我淡定地回答："你随便吧"。

以副检察长身份出席公务活动，一般我都会在发言时补充一句，我是"某某大学老师"。起初听到"教授就是不一样"的议论时，会感到很欣慰。有时候没有听到，还会感到失落。慢慢的，别人议论什么也就不在意了，其实也没有时间和精力去关注。

"搞理论的人看不起搞实务的人，搞实务的人骨子里也看不起搞理论的人"，这是政学两栖后的最直接感受。刚去挂职，有人说"他搞理论可以，搞案子不行"，后来又有人说"他搞案子行，搞考核不可能行"，再后来，没有人说了。很多时候并不一定明白做一件事情的理由，其实也无需刻意去明白。无论在什么时候，什么地方，都只不过是挣一份"尊严"。

挂职初感悟

前些天我在楼道里打水，偶遇领导，她说："你现在像个机关干部了"。 这句话，困扰了我很多天，因为我不知道这种"形式上的"改变是不是值得高兴，我一度非常担心回到学校后，学生们也会这样评价我。

这一周我在湖北参加全国人大常委会未成年人保护法的立法调研，这次立法调研目的是对我国未成年人保护法及相关法律的修订提出论证建议，供下一届人大参考。 作为长期从事青少年法学研究的学者，我深知这次立法调研的重要意义。 某种程度可以说，决定了未来的修法是否会重复11年前第一次修订未保法的遗憾。

与人大常委会调研组的同志朝夕相处，是一次难得的代表青少年群体"游说"立法机关的机会——从带队的领导到具体操作的同志。这几天的"游说"初见成效，不过人大常委会工青妇室负责同志的一句评语让我思考了很多：

"你以前作为教授所提出的'1＋5＋X'完善未成年人法律体系建议方案我们都仔细看过了，有理论有深度，非常好，但是操作不了。你现在提出的聚焦三个底线问题、保持已有法律体系的稳定性、未成年人保护法福利化、预防未成年人犯罪法少年法化的修法建议,既可解决问题、还有理论基础,关键是具有可操作性"。

这句评语让我恍然大悟"机关干部"这个词的深层含义——"机关"提供了"干事"的平台,这也让我曾经的困扰,烟消云散。

我以前除了做研究,还需要想办法怎么让包括团中央在内的国家有关部门接受自己的研究成果和建议,有时候自认为好的意见不被接受,还会忍不住发几句牢骚。来到团中央挂职后,我发现这一层隔阂没有了。我现在想得更多的是如何将十几年的理论积累在目前难得的平台上直接动手"操作"。更重要的是,我越来越懂得了如何在理论与实践、理想与现实之间,寻求最佳的平衡。

从社区矫正法、治安管理处罚法、未成年人网络保护条例、民法总则等法律法规的制定或者修订,到专门学校规范性文件的拟定、未成年人保护法及相关法律完善的顶层设计,还有零犯罪、零受害"双零社区"创建的设计、推动建立六位一体未成年人保护联动反应平台以避免未成年人恶性事件的再发生,等等……这是这几个月来我主要做和仍然在做的事情。实话说,有些累,但是很充实。

在这次未成年人保护法立法调研期间,我在襄阳救助站看到一位三岁大的小女孩。她的母亲因为患有精神障碍长期流浪而在救助站接受救助,父亲不明。救助站原本只是临时救助机构,但这个小女孩不但在救助站出生,而且一直长到了三岁。这个生在救助站长在救助站的孩子未来会怎么样,每一个人都很担忧。

在以前,面对这样的孩子,我常常会有无力感,更多的只能表示痛心和遗憾。但是,利用这次调研的机会并通过调研组,我稍带着向襄阳市领导提出了尽快让小女孩回归家庭环境成长的建议,同时要求襄阳团市委相关负责同志作为个案维权介入跟进,并以此个案为契机建立"监测预防、发现报告、应急处置、研判转介、帮扶干预、督查追责"六位一体的未成年人保护联动反应机制,并且将结果报送团中央权益部，相信这个小女孩可以很快进入家庭和学校环境中成长和学习。

类似这个小女孩需要特殊关爱的孩子还有很多。从全国来看，残疾儿童504万，孤儿52.5万，流动儿童3561万，农村留守儿童6102万（按照新的统计口径为902万，其中36万完全脱离监护），城乡低保儿童796万。10—17岁未成年人遭受父亲和母亲家暴的比例分别为43.3％和43.1％。性侵发生率为6％—21.8％。在未成年犯管教所服刑及处于社区矫正中的未成年犯约2万余人，每年新判决未成年犯4万人左右；截至2015年底，登记在册的未成年吸毒人员4.3万人。

个人不成熟的领悟是，共青团要做两件事：一是凝聚先进青年跟党走；另一件事，还要带着边缘、困境青少年一起走，不让一个青少年掉队，避免他们成为社会潜在的威胁。对于第二件事，共青团正在日益提高关注度，也是权益部工作的重要职责。

作为以挂职方式参与共青团改革中的一员，感受到改革所带来的最大变化是：无论是专职还是挂职兼职，团干部的价值越来越多的体现在"今天"而不是"明天"。从第三方视角来看，团干部获得尊重的方式也正在发生改变：不再主要是因为"年轻"和"未来可能的发展前景"而获得尊重，而是因为当下岗位的工作价值、工作作风、专业水准而赢得尊重。

这几个月的挂职经历，我最大的体会是：共青团是可以做事的地方，我也特别荣幸能有机会和十号楼内的精英们一起共事，服务国家与社会。相信这也是其他挂职干部最大的体会。

一次举报的经历

早就听说北京黑车猖獗，所以每次赴京都很警惕，坚定地拒绝着每辆主动前来搭讪的一辆又一辆黑车。可是这辆长得太像北京出租车了，就这么莫名其妙上了贼车，20分钟的车程绕了40分钟。义正言辞地交涉，驾车的中年女司机一脸沧桑，一边自我诅咒般地发誓，一边诉说着生活的艰辛。大家出来混都不容易，付了钱，下了车。

刚一下车，冀FT1919立即启动了起来，并以迅雷般地速度绝尘而去，跑得像个久经沙场的惯犯，以嘲讽般的姿势宣告了刚才"教育词"的失效。

于是，拨通了北京110报警电话，询问是否受理黑车举报。接线的女警听完了事实描述，甜美地回答会反映一下（大意）。等待了数分钟，来了一个陌生的电话，可能因为信号不清，挂断了。回电，原来是下车地所属派出所来电。第二次简短地描述了事实的经过，对面的小伙子呵呵笑了，说这事不归我们管。我平和地告诉他，警察应该管。

可能是经派出所小伙子告知或者是自己在网上查找，得知可以向北京城管举报，于是打通了北京城管96310热线。第三次陈述完事实，接线的姑娘告知，你这属于套牌出租车，归交管部门管，可以打122反映。"确定是122吗"，"是的"。

执着地拨通了122，接线的姑娘耐心地听完我的第四次事实陈述，答复说，这事不归我们管。我平和地发起火来，在北京举报个黑车咋就这么难，"到底应该谁管"！姑娘说，那你等等，我问问。寂寞了数分钟，姑娘回答说，这事还是不归我们管，可以打市政府热线12345反映。

在网上查了一下，12345是北京市政府的便民电话，大概也管不了黑车。继续查询，得到了以下几个在北京举报黑车的电话：北京市公安局62074104，北京市交通委员会68351150，北京市城管执法局96310，北京市工商行政管理局12315。看来公安局还是得管，于是挑了第一个电话打了过去。"这里受理黑车举报吗？""你打错了"。

坐在房间里郁闷地抽起烟来，看来只能写篇博文消消郁气了。这时候派出所那位小伙子来电："车牌冀FT1919我们查不到，没联网，你要是下车的时候就报警我们才能查得到"（大意）。我平和地告诉他，一下车我就打了110报警，虽然你查不到，但只要查了，我就很欣慰和感激了。

丽江琐忆

　　从丽江回来已经多日，一直想写点什么。

　　昨天是元旦，收到一条署名"桃子"的问候短信："元旦快乐，工作顺利"。"你是丽江的桃子吗？""呵呵，对的"。

　　桃子的真名已经忘了。大约三年前，第一次去丽江，说话间就到了。飞机降落的时候已经是晚上，夜幕很沉。第二天晚上自由活动，大雨。独自在闻名的酒吧一条街闲逛，据说这里是古典与现代的完美结合，但震耳的喧闹着实超出了可以承受的范围。只想寻个僻静处，于是一直顺着湿滑的台阶向上走，直到重金属的音乐声不能再听见。

　　在一间小店避雨，店主人是位纳西族老太。点着一支烟，随意地问着小店货物的价格，银器、香包、梳子之类的。老太太很健谈，我却保持着旅游不购物的警惕。不知为何说起了她的女儿，在中国政法大学读书。我告诉她，我也是搞法律的，在一所大学教书。攀谈中，我知道老太太生活很艰辛，儿子不争气，女儿一个人在外边求学，她很不放心。老太太恳求我，如果可能，请尽量关照她的女儿。

　　两个不同的学校，两个不同的城市，偶遇的陌生人，我有些茫然不知所措，但老太太的眼中充满着慈爱和恳切，把我问过价格的货物都取了下来，塞到我的手中，并且执意不肯收钱。我知道，老太太是想尽自己的努力为女儿做些事情。不经意间想起了在佘山晨跑时常遇见的朝圣者，一步一磕一诵经的朝圣者，在冷风中，他们是如此的脆弱、孤零，但又是如此的虔诚。我留下了联系方式，并且带走了纳西老太写给我的名字和手机号码，还有那些无法推脱的小商品。

这一次去丽江是坐汽车。从昆明驱车，需要走九个小时才能到达。如此长的旅途，无事可做，十分有助于清洗烦杂的大脑。一路盘山公路，草木葱郁，蓝天白云剔透而干净。

车经楚雄、大理，丽江以及有关丽江的记忆越来越近，想起了雨夜偶遇。给太太发信，问她是否能在旧手机里找到一个人的联系方式，我只记得名字中有个"桃"字。太太有些警惕，我呵呵笑了，解释说想去重访一位丽江老太太，但是忘了她的小店在哪里。丽江近在眼前，但时间过得如此之慢。导游说云南有句俗语："见山赶路，跑死马"，果然贴切。

第二晚，自由活动。对团友说，我要独自去寻访一个人，"那我们就不跟着你了"，团友笑得很诡异。没有想到冬夜的丽江这么冷，凑近路边小店燃着的火盆，就着柴火点燃了一支烟。从古镇之南到四方街需要走很长一段路，旅游淡季，又非繁华之地，游人稀少。记忆早已经模糊，我知道重新找到那间小店已经不可能了。

"嘀嗒，嘀嗒，嘀嗒，嘀嗒，时针它不停在转动，嗒嘀，嗒嘀，嗒嘀，雨她拍打着水花……"古镇的每个角落都在弥漫着同一吉他曲，悠扬而伤感，不禁驻足陶醉。走进临近的一家 CD 小店，主人是位湖北人，他说来丽江后就走不动了，于是以年租 3 万余元的价格租下了这间几平方米的小店，卖些碟，每天想来就来，想什么时候来就什么时候来，不是为了挣钱，只是玩。《滴答》这首歌是丽江的前酒吧歌手侃侃唱的，出名后她已不在丽江了。

店主人执意推荐了另一位酒吧歌手小倩的专辑《倩语倩寻》，歌手与专辑的名字有些神秘。吉他曲伴随着非洲小鼓的节律回旋于茶马古道，歌声是如此的沧桑。循着店主的指引找到了小倩唱歌的酒吧，在一个僻静的角落坐了下来。终于等到了歌手小倩，一张稚嫩的脸，九零后的举止，显然无法承受歌曲中那种饱经风雨的情感，有些后悔。

离开丽江时带了侃侃和小倩的专辑，没有正式发行的那种，只是回到上海后再也听不出那个味了。纳西老太的小店究竟在哪里，还是没有想起来。

用了十个小时从北京飞到哥本哈根，下了飞机坐着小巴就从丹麦进了瑞典，欧洲已无边界的概念，真不知当年拿破仑征战的意义是什么。 住在隆德小镇 DUXIANA 旅馆，托马斯一家开的。 以英雄救美的名义换了一楼的小套房，墙上挂着托马斯父亲二战时当飞行员的戎装照，老式欧洲家具，所谓宾至如归原来就是这种感觉。

僵硬的医疗体系，固执的医生，两岁的混血儿在医院的过道上死在了母亲的怀里。 在高热四天期间母亲抱着孩子多次去医院，但医生每次的处方都是"回家喝水，物理降温"。 其实只需要一支及时的青霉素，就能挽救孩子的生命。 当听到这一似乎"只可能"发生在中国的"故事"后，对瑞典的美好感觉戛然而止。

从隆德到斯德哥尔摩，四个小时的火车，据说是瑞典最快的，摇晃得厉害。 一趟里程，一个世界，于人于景都是如此。

"1628 年 8 月 10 日，巨舰瓦萨倾覆沉没"，1990 年 6 月 15 日，

坐落于高莱船坞的瓦萨博物馆开幕，专门用于陈列这艘只航行了1300米的"形象工程"战舰，迄今为止已经有数千万人参观了巨舰。走出阴森森的巨舰博物馆，很想建议哪个部门也牵个头为追尾动车建个博物馆。

斯德哥尔摩竟然有家中国餐馆，夸了句"味道地道"，女服务员就额外赠送了一碟花生米，感动得差点掉了眼泪。 时空错位了，以为身在北京或是上海的街边小店。 酒量小不丢人，关键是要喝出醉意来。

时差是一种很奇怪的感觉，斯德哥尔摩与上海差了6个小时，准备入睡的时间也是准备起床的时间。 其实这些天总有时空错位的感觉，在森林里寻访16世纪的城堡，在路边18世纪的餐馆里吃饭，凭吊17世纪沉没的战船，走在19世纪的街道上，住在20世纪初的旅馆里⋯⋯

在哥本哈根时，花二十美元买了街头印第安艺人的一张CD，那种曲调中凝结了生活的沧桑，厚重的悲凉。 这是一种可以让你感动的音乐，即便不在哥本哈根街头，不是夜深人静。

瑞典、丹麦之旅明天即将结束，邀请方安排了烛光晚宴，在那种看每个人都觉得温暖的酒吧。 按照瑞典的习惯搭配了白葡萄酒，每个人都喝了，也醉了。

从昨天(也许吧，时空错位了)就开始飞，先从斯德哥尔摩飞到哥本哈根，用了一个小时；再从斯德哥尔摩飞到北京，花了十个小时；从首都机场三号航站楼乘免费大巴转到二号航站楼时，已经有些神志不清了。 想改早些航班回家，意料之中的每个航班都爆满。 打开电脑，看到小悦悦去世的消息，坐在候机楼发呆……北欧之行的主题是考察瑞典、丹麦的少年司法与儿童福利制度，诡异莫名是，此行开始于小 Kevin 之死，结束于小悦悦之死，坐在首都机场候机楼，竟感阵阵悲凉。

　　第一次和加拿大亲密接触还是很多年前的事情，那时候我还在读研究生。 加拿大总理克罗蒂安访问上海并到华政四十号楼礼堂演讲，演讲结束后在保镖护送下离场而过，但我的手已经伸了出去，总理先生感觉到后返身而回握住了我的手，这个细节令我意外而且印象深刻，也对加拿大这个国家产生了延续至今的好感。

　　加拿大是个慵懒的国家，森林里跑着步骑着车、阳台上晒着太阳的居民，处处透露着散漫的气息。 这个有着近千万平方公里国土，资源丰富但却仅有 3000 余万人口的国家似乎没有理由不慵懒，但这也是一个公认的世界强国和移民组成的和谐社会。 仅仅注解为"地广人稀，资源丰富"似乎有些不足。

　　今天与加拿大儿童教育有两次接触，耐人寻味： 一是在森林里遇到两群上课的孩子，老师拿着图册对照着乔木与小松鼠正在讲解； 一是中午遭遇阵雨，行人纷纷在商店避雨，但有两三群孩子在雨中兴奋奔跑而过，朋友解释说在加拿大父母会有意识的引导孩子从小接受磨练而不是一味地阻止。

在这里，"权力"这头野兽被牢牢地关在了铁笼里，只留下华丽而上翘的尾巴在笼外宣示曾经的傲慢与凶残。这是一个没被权力弄乱、搞杂、搞残的社会，祥和得以弥散于各个角落，草民也能活得悠然和有尊严。都流浪几千年了，其实野兽也想进笼子，只是牵着它的人谁都不愿意。

现在是多伦多午夜，躺在柔软的大床上，"林语"悠扬，原本打算在旅途中看的书依然压在箱底。这样的时候只适合发呆，读书会让人觉得突尤和怪异。暂时远离嘈杂与凌乱，日子过得简单起来，也就能重新感悟宁静与平和，大约这就是旅行的好处吧。

明天将对加拿大司法制度作进一步直接的了解，这个对曾为英国殖民地历史毫不避讳甚至还有些感激的懒散国家，有其独特的魅力。明晚还将与现任教于加拿大安大略科技大学的老朋友曹教授见面，他乡遇故知果然是人生一大美事。羡慕曹教授一会在美国教书，一会又跑去加拿大作教授的生活。

早就听说加拿大的野生动物不怕人，前两天在森林里遭遇松鼠，今天在草地上扔了几块面包屑，一会就引来了一群海鸥，连敏感的麻雀也跑来凑热闹。更意外的是，抢完面包屑，这群海鸥竟转身就对在草地上野餐的几个姑娘摆出打劫的架势，把姑娘们吓得花容失色、夺路而逃！

曹教授驱车带着我穿过多伦多市区，在路上买了杯卡布奇诺冰咖，到达安大略湖时天色已暗，只看到落日的余晖。曹教授原计划下午开着他的快艇带我游览湖景后，在湖岸一边吃晚餐一边看落日，遗憾的是下午因行程变动未能如愿。

去曹教授家中做客，参观完独幢二层楼，尤其是船库里的快艇后，心里越来越不平衡了。这老兄一周上完六小时课，没事就带老婆去安大略湖飙船，或者和朋友开游艇 party。一杯 XO 下肚，忍不住说：都是教授，差距咋那么大呢？曹兄一声不吭，驱车带着我到了富人区，极目远眺完多伦多夜景后，我一声不吭回到了旅馆。

即便是多伦多这样所谓加拿大最繁华的城市，无论市区还是居住社区，其实都可说是荒凉。"野地"里的房子均无围墙、栅栏、防盗窗，对外部侵害几乎无任何防御力，但居民没有任何不安全感，甚至对我的问题感到奇怪，在他们看来，gated community 是不适合人居住的。

今天听到最欣慰的一句话是"（中国）好脏好乱好快活，（加拿大）好山好水好无聊"，这是几乎所有遇到的华人移民共同的感受，我说他们咋那么热情那么爱说话呢。据说赖昌星听闻引渡成功即将回国的消息后非常高兴，因为在加拿大实在太闷太无聊了，和坐牢没什么两样。

高福利保障，全民免费医疗，十二年免费义务教育，贫富、城乡、男女差距很小，社会和谐安全，环境低污染，居民安宁祥和。"加拿大，拿大家，大家拿"，真是万恶的资本主义！

温哥华时间晚上九点十六分，天空依然明亮，时差倒来倒去，已经有些晕了。连日奔波考察学习，有许多东西需要时间去慢慢体会，但心中空荡荡的，脑中也空无一物。 在酒店花园里抽烟、发呆，几个孩子或者孩子般的大人在泳池中玩耍。 这就是加拿大人的生活，"好山好水好无聊"？

重回校园，生活宁静而简单。 今天讲课的三位老师都是资深警官，一位叫琳达，有着二十年危机处理实战经验，是温哥华市现役高级女警官，与 JIBC 签了两年合同担任教官，教授危机处理、警务沟通技能。 其授课贴近实战、注重参与式教学与现场演练，课堂气氛活跃，展示了丰富的实战经验。 由衷感慨，这才是教官。

另两位更有趣，一位原是温哥华市警察局副局长，另一位也原是新威斯敏斯特警察局副局长，工作满三十年后发现退休工资和在职没区别，就想去干点自己喜欢的事，于是就到警察学院做了老师，据说这是义务不拿钱的（尚需求证）。 和前几天不断强调每小时收费标准的授课律师相比，这两位先生可爱也敬业多了。

加拿大人的动物保护意识有时会让人觉得伪善。 某市野兔成灾，市政府被迫下令处理，猎杀后集中焚烧。 当地华人甚觉心疼，提出愿为政府分忧，只要授权即可保政府省钱省心——多好的野味呵。 市政府想到华人对待小野兔的方式——剥皮抽筋、烧烤烹食等等，不寒而栗，于是断然拒绝了华人的请求。

加拿大也讲政治，不过听了不会觉得阴险、肮脏，而是好玩。列治文市华人占 40%，于是有个洋人取了个疑似中国名参选市长，结果连任。 温哥华市华人占百分之二三十，取中国名这招已被用了，于是市长罗伯特先生自称白求恩亲戚，结果也成功连任。 民主政治本来就不应是什么冠冕堂皇的大理论，讨好选民而已。

路遇市政部门维修，三名年轻姑娘穿戴整齐一边嚼着口香糖一边悠闲地举着 stop 牌指挥汽车避让，其实只一名在干活，另两位在边上闲着。司机解释说，这份每小时高达三十多加元的玩一样的工作，是政府专门留给单亲妈妈的。以前只听说少女妈妈因害怕弑婴的事，加拿大政府这种鼓励未婚先孕的政策真是"太不像话"了。

偶遇一群地狱天使骑着大功率摩托车呼啸而过，对路人做出侮辱性手势。当地人介绍，除了地狱天使这一白人黑帮外，温哥华还有红羯子帮、联合国帮（多族裔）、大圈帮（香港）、越南帮等。不久前黑帮火拼，红蝎子帮老大陨命。问黑帮对百姓生活有何影响，答没啥影响，有时还有好处，如做些公益捐点款什么的。

加拿大黑帮行事一点都不掩饰，比如地狱天使成员每人身上都有明显的标识，常在大街上成群骑着摩托车招摇，路人一见便知是地狱天使成员。经营范围也很明确，主要控制毒品交易。诧异的是，既然如此警方为何不强力打黑，再唱个红什么的。日本的黑帮更怪，可以注册登记，在地震等灾难中救援比政府还给力。

咱国家民国时的黑帮似乎也曾是如此，比如杜月笙、黄金荣等，个中缘由颇值一究。前次上课时教官讲到地狱天使时如数家珍，警方对黑帮似乎了如指掌，但就是没把半公开的黑帮怎么样。警匪对峙按规则来，一个讲法律讲证据讲程序，一个尽量不骚扰老百姓还搞点公益，也尽量不把警察惹毛。难道这就是和谐社会？

多伦多的案例：华人超市来了小偷，店主和伙计发现后立即去追，抓获后报警。警察到达二话不说先把店主铐了，理由是非法拘禁他人——抓贼是警察的事，店主不服起诉，还惊动了总理哈珀，据说总理也认为法律应该修改，但好像讫今也没见啥动静。加拿大法律有漏洞吗，其实法律这东西会有个本位性的考虑罢了。

今天进一步询问了此案的细节：小偷上午到超市行窃后离开，作案过程被监控录下，下午再次光顾时被店主认出并被抓获和捆绑。迫于各方压力，检方最终对此案不起诉。

刚去换加币，接待我们的小姑娘是个来自江苏的留学生，自述学的专业是会计。一眼看出数钱的姿势不专业，一起换钱的兄弟在旁边笑眯眯的，不放心一核对果然多算了300加元。忍不住说：你这会计没学好啊。小姑娘越发紧张了，数了四小堆钱打算交给我们，又没忍住：多数了一堆吧，那可是一千加元。

加拿大资源丰富地广人稀，但陆海空军加起来仅6万余人，而且其中三分之二是文职人员，更怪异的是与美国接壤的数千公里边界竟不设防，也不怕美帝国主义来抢。咱才晃了几天，口水已不知流了几地，都动了好几次策马扬鞭为我中华子孙后代抢他几块地盘的念头。

这几天多次遇到流浪汉和乞丐，全是白人。当地人说，加拿大福利保障好，管吃管住可以让每个人衣食无忧，但救济金是绝不允许拿去买酒喝的，乞丐讨的大都是自己喝酒的钱，街头的流浪汉也多是因为喜欢那种逍遥自在的生活。乞丐到了身边，未见不施舍的。如果乞讨、流浪的理由简单了，施舍也就没了负担。

周末走了几个小镇，感染于这个国家的宁静与祥和，无论是景还是人，丝毫感受"戾气"。加拿大是个典型的移民国家，多元文化和谐并存，不同肤色种族人群平等相处，个中缘由颇值玩味。

今天得到了温哥华警徽。教官讲课过程中反复强调警察独立行使职权，还不时抨击加拿大皇家骑警的官僚与低效。 当教官自豪地宣称警察在加拿大是荣耀和受人尊重的职业时，教室里一片寂静……

下午实训课去了一个社区警务中心（CPC），当一位高龄 75 岁的老太太自称中心主任并带两大汉来接待时，我着实被吓了一跳。 温哥华市派驻 CPC 两名制服警察，老太虽为 CPC 主任但不是警察，其作用是通过其亲和力成为警民沟通并建立信任合作关系的独特桥梁，CPC 还有 130 名社区警务志愿者，他们是 CPC 的耳朵和眼睛。

社区警务中心（CPC）奉行助人自助的理念，强调平等、尊重、自由、沟通与警民合作，注重居民参与和犯罪预防为本。 老太太说她已经答应丈夫工作到 80 岁就退休。 活动结束与老太太握手告别时，情不自禁地和她来了一个美式拥抱。 不得不承认，这老太太很有亲和力和魅力。

《留题 Butchant Gardens（一）》
桃源终老悠然客
江流有声岁月匆
相思相望相厮守
落雨落花落霞红

《留题 Butchant Gardens（二）》
望穿秋水无归处
人约黄昏窃语思
毕竟风花无雪夜
相忘江湖未可知

今天授课的是位刚退休的女法官。 法官在加拿大拥有崇高社会地位，但对品行、操守，甚至私生活方式都有极严格要求。 这位十分成功却提前退休的女法官说常会感到孤独和抉择的纠结（大意）。不感妄言感同身受，但却能理解她的内心世界。 作一个不恰当的比方，穿上法袍的法官本来就不应再是人，也许这才是法治。

几乎每天下午都能在吸烟处遇见一个刨垃圾的流浪汉，穿着运动鞋，戴着头盔，背着双肩包，骑着山地车。 若非亲眼见到他在垃圾箱筒里刨东西，就这身装备很难把他和拾荒汉联系起来。 这老先生重点刨的对象是灭烟处，一旦刨出长烟头，还会兴奋地叫起来。 福利那么好，就是不给人烟酒钱，也够绝的。

街头艺人的魅力在于，总会有一曲、一声或者一次让你共鸣或者动容。 因为苍桑，因为洒脱，因为腼腆，因为随性，或者仅仅因为，流浪街头。

加拿大监狱都会在显著位置提供注射毒品的消毒液、针管和避孕套——既然不能杜绝，就做出把危害降到最低的理性选择。 中国同行对此大都会感到惊讶，其背后的差异不只是观念，也不只是文化，更是制度。

前几天晚上在温哥华电视台看到一档纪实节目，讲述一对多伦多夫妇收养了一名中国江西九江遗弃女婴，十余年后这对夫妇带着女孩回中国找到了女孩的妹妹——被当地农民收养的另一名女婴，也找到了她们的亲生父母。

今天参访温哥华一处社区矫正中心，意外地发现热情的接待负责人也是中国弃婴收养人，当他自豪地说起在中国收养了两名弃婴时，全场响起了一阵奇怪的掌声。 两位小姑娘的照片摆在办公室的显著位置，他兴奋地谈起了女儿以至忘了工作主题也浑然不知。

小姑娘分别是汉族和壮族，脸上洋溢着健康、灿烂和只属于童年的笑容，现在一位六岁半一位九岁了，在广东和广西孤儿院收养。告别时他说 2014 年会带女儿回中国去看家乡。 与他合影并留下名片，当听说我也从事儿童权利研究时竟问我要了 QQ 号码。 不得不承认，离开的时候我的心情异常复杂，甚至还想落泪。

加拿大卑诗省的毒品政策耐人寻味，政府拿着纳税人的钱在唐人街开办毒品注射屋，免费提供毒品注射场所、清洁针管、消毒水，还有专人指导正确的毒品注射方法。 吸食大麻在卑诗也是合法的，据说卑诗省大学（UBC）每年还有大麻日，学生公然在操场上吸食大麻狂欢。

今天加拿大同行讲了一个他认为没啥奇怪的案例： 某市警察局长参加朋友 Party，多喝了一杯，开车回家路上正好遇见部下执勤。部下见到有酒气的局长，立即命令上司正步走并接受酒精检测，局长立即依令执行。 尽管局长大人只是少量饮酒，但第二天仍不得不向全市人民哽咽道歉并引咎辞职。

沃尔玛超市巧克力促销，一群中国人"斯斯文文"地把整个货架几乎一扫而光，把旁边两洋人老太看傻了。 俺站在一老太身后，轻声地说："Japanese，Janpanese"。 洋老太哦了一声，上前也去抢了一包。

在加拿大，法官永远没有错。 但一旦被任命为法官就要深居简出，不能参加社交活动，也不能有政治倾向。 如果违反职业操守将立即身败名裂，并受到严厉惩罚。 曾有一位法官被控性侵犯，这名法官竟被处长达三十年监禁。 若干年后，少女承认为诬告，蒙冤法官获得平反并将所获高达 2 亿加元赔偿全部捐出。

据说加拿大为赖昌星案花了纳税人 2700 多万加元，其实加拿大政府何尝不想早点把这个烫手山芋引渡回中国，但没有办法，因为加拿大司法是独立的，法官只按照法律和良心办事。

加拿大 ATM 机的两个细节颇值借鉴： 一是输入完毕后先吐卡，取卡后再吐钞和打印凭条，而不像国内 ATM 机先吐钞后取卡，这一程序可以减少忘卡现象。 二是 ATM 机上装有两个小的反光镜，操作时可以同时监测身后情况，更有利于保护存取款人安全，也有助于提高存取款人的安全感。

白求恩， "一个纯粹的人，一个高尚的人，一个纯粹的人，一个有道德的人，一个脱离了低级趣味的人"。 来到白大夫的祖国才发现，原来再咋样他也还是一个人，一个 "性情暴戾、好女色、酗酒、脾气臭，甚至在八路军专人护送赴延安途中 XX" 的人。

尽管白求恩在加拿大远不像在中国那么出名，但他对加拿大医学的发展尤其是全民免费医疗体系的建立均有重大贡献，渥太华也曾把他评为在加拿大历史上有重要地位的人。 白求恩家族历代出过很多基督徒和牧师，他深受基督教博爱精神的影响并践行了博爱精神。白求恩是人，一个有缺点的，值得尊重的人。

周末在温哥华 Downtown 遭遇裸体游行，大约是个环保主题，男女老幼全裸半裸百余人骑行，队伍前还有警察开道，场面壮观。 怪了，就这架势也没引起啥围观效应，该干嘛还干嘛，只是偶尔有些游客模样的人凑个热闹。

路见车祸，消防车呼啸而来，原本拥堵的车辆自动避让出一条紧急通道，流畅得令人震惊。加拿大911联动，警察、救护、消防一般均需到场。所见车祸现场最先抵达的是消防车，同行发觉我们的疑问后解释说，车祸可能发生火灾也可能需破车施救，这都需要消防人员，要求三种车都到场也可以提高应急反应速度。

「感受加拿大911」

1. 联动消防、警察、救护车的统一紧急救援电话；

2. 如不懂英语，可用自己所说的语言求助。如说普通话只需对着电话说"普通话"，便会有说普通话的人接听。

3. 如不慎误打911，不能挂线，应等候接通并告知无需协助。因为如误拨后马上挂线，警察必须上门调查以确定你是否安全。

因故无法接受温哥华收养父母邀请到其家中做客并与两位小姑娘一起吃烧烤，甚感惭愧与不安。下午妈妈特意提前下班带着女儿到警察学院来与来我们见面。浓浓的爱洋溢在这个特殊的家庭，所有的人都被感动了：她（他）都是幸运的。还好两位已有中国情节的小姑娘很喜欢我昨晚特意去买的小礼物。

两位小姑娘分别是六岁和九岁，已经开始经常问温哥华养父母她们的生身父母是谁，她们来自何方，甚至提出要雇私家侦探找爸爸妈妈。养父母无法回答，我也无法回答。养父母一再感谢中国允许他们收养两位宝贝，祝福这个特殊的家庭……

凌晨，连夜写培训报告，也正好提前倒时差。刚收到温哥华中国孤儿收养人的回信，计划明年三月带两个可爱的女儿回中国看家乡。两个穿着中式风格衣服的小姑娘已经开始在为中国奥运队加油了，感慨其受中国教育做得竟然如此好。此行因故没能接受与其家人一起烧烤的邀请，期望明年能在上海续约。

每次出国出境都要扛回一堆婴儿奶粉，这次也不例外。 连婴儿奶粉安全都不能保证，羞愧。

家里二十多天没人住，乱得一团糟。 听说有一种叫"田螺姑娘"的生物，能帮忙收拾屋子，收拾完后还能整一大盘爆辣的炒田螺，咱现在太需要了。

温哥华收养人发来邮件说明天开始休假两周带妻子还有两个可爱的女儿去渡假，着实惭愧了半天。 想想再出两次差暑假就没了，现决定假期不管如何也要抽时间带儿子做三件事： 一、一起淋一次雨（大雨）；二、野餐(烧烤)一次；三、逃离"黄脸婆"控制整夜不归宿（或父子旅行一次）。

　　2012 年夏季，我在加拿大 BC 省司法学院短期学习。 校方安排
参访温哥华某社区矫正中心，中心主任瑞恩对我们这些来自中国的朋
友似乎有些异常热情，介绍完社区矫正中心的运作情况后又领着参观
中心办公区。 到了主任办公室，瑞恩先生似乎一下子跑了主题，开
始兴奋地向我介绍起他的两位女儿来。 办公室里摆满了他引以为豪
的两位女儿的照片，孩子的笑容纯净而天真，但显然不是西方人的面
容。 瑞恩说，两位女儿都是收养自中国的弃儿，凯蒂七岁了收养自
广西，艾茉九岁了收养自广东。 也许瑞恩有些兴奋过头了，没有发
现我的表情变化。

　　两位健康的小姑娘被她们的亲生父母遗弃，被她们的祖国遗弃，
竟然漂洋过海成了外国人的女儿，还笑得那么烂漫，这是我第一次因
为自己是中国人而感到一种莫名的羞辱。 这种羞辱感一方面来自从
小接受的根深蒂固而又特殊的爱国主义教育，另一方面则是源自对中
国孤儿国际收养的一些感性认识。 儿童权利与儿童福利是我的研究
领域之一，虽对涉外收养没有深入研究，但我知道外国收养人与中国
收养人条件客观上是不对等的，外国收养人收养中国孤儿相对更为容

易，据说也更容易收养到健康孤儿，以及类似捐赠费之类利益问题。因此，我对收养中国孤儿的洋父母是心存芥蒂的。

瑞恩没有发现我的不自然，竟然不知从什么时候开始向我表示起感谢来，感谢中国同意把这么可爱的孩子让他和妻子收养，感谢中国人的友好和善良，他和妻子都十分热爱中国……显然，瑞恩把我直接当成中国了，而我其实只是一个感到无地自容的中国人。我总觉得瑞恩有些"造作"，不由自主地想起曾经在造访国内某儿童福利机构时，某负责人抱着弃儿夸张的表演。

临别时告诉瑞恩，儿童福利是我的研究领域之一，感谢他能够善待中国弃儿。瑞恩说，他和妻子都深爱女儿，现在全家都正在学中文，并且每隔两年就会带孩子回一趟中国，以便让女儿更多的了解自己的家乡，了解中国的传统和文化，明年三月他们计划再次去中国。瑞恩还问我，是否有可能找到女儿的亲生父母。这让我感到有些诧异，因为国内的收养人大都会让孩子尽量少的了解自己的身世，并且在感情上大都并不希望他们去寻找亲生父母。瑞恩很认真地邀请我去家里做客，一起烧烤，还说如果我能答应邀请，他的两位女儿一定会非常高兴。请示领导后，我很遗憾地以代表团即将回国为由婉拒了邀请。

令所有人有些意外的是，第二天瑞恩来电说他和妻子打算请半天假，带着女儿来学院，因为女儿非常想见见来自家乡的朋友。尽管拒绝邀请有些迫不得已，但我仍感到了惭愧，于是赶紧到临近的超市买了两个 Made in China 的毛绒小玩具作为小礼物。

虽然小姑娘们对见到来自家乡的人十分期待，但真的见面了还是显得十分腼腆，尤其是小凯蒂，几乎一直把头埋在母亲怀里。而正在练体操的艾茉穿着旗袍，腼腆却又非常的安静。母亲凯伦虽然有着典型的西方人的外形，但举止投足却与中国传统的母亲有着几分神似，我不知道是否是来自中国的小姑娘改变了凯伦的性情。

瑞恩说，如果有体育比赛，两位女儿一定会为中国队加油，但是如果碰到中国队对加拿大队，她们就不知道怎么办了。所有在场的人都哈哈大笑起来。凯伦说，女儿已经开始经常问自己的生身父母是谁，她们来自何方，甚至提出要雇私家侦探找爸爸妈妈，他们无法回答……我也无法回答。瑞恩和凯伦一再感谢中国允许他们收养两位宝贝，因为是中国，让他们成为了父亲和母亲。浓浓的爱洋溢在这个特殊的家庭，所有的人都被感动了。

我留下在中国的电话和 QQ，并告知瑞恩夫妇，如果有需要可以和我联系，并且在心底为这个特殊的家庭祝福。

回国后的很长一段时间，几乎每个周末我们两个家庭都通过 QQ 视频聊天。瑞恩把他的家庭成员一一介绍给我，包括每次家庭聚会、朋友聚会，甚至家族的诸种琐事，例如凯伦的父亲在续弦时"老牛吃嫩草"娶了位中国太太，这和我以前认为西方人隐私观念很强、家庭观念很淡的印象截然相反。这个特殊的家庭没有把我当外人，有时我会有种奇怪的感觉——因为这个特殊家庭对我特殊的信任，而这种信任也许只不过因为我是中国人而他们的女儿也来自中国。

2013 年 3 月很快就到了，瑞恩一家果然按照计划要来中国。瑞恩夫妇专门请了一个月的假，在上海为两位女儿联系了一家教普通话的学校。瑞恩在 email 里说，他们期望送给女孩一个特殊的礼物——"她们自己的语言"，也希望能让女孩能够了解自己的传统和文化。虽然瑞恩一再说不希望给我添麻烦，但对于我能去机场接他们显然非常的高兴。

瑞恩一家到上海后的第二天晚上，我和家人及两位学生一起邀请这个特殊的家庭共进晚餐，并且特意挑了一个用餐同时可以观赏茶道和变脸的川菜馆。儿子阳杨对于可以见到两个小姐姐很兴奋，但显然孩子间的沟通并没有我预期的顺畅，他们并不像我想象的那样可以很快玩在一起。阳杨不太理解为什么这两个"中国"小姐姐不会用筷子，不会说普通话。 我"迫不得已"成了孩子们的"粘合剂"，在餐厅里和他们打闹在一起，累得全身汗淋淋。 凯伦问我是否需要休息一会，当我表示了肯定的回答后，她向小姑娘示意，两位小姑娘立即安静了下来。 可是阳杨却依然粘着我不肯停下来甚至哭闹起来，我感到一丝尴尬。

两位小姑娘已经认识到了和瑞恩、凯伦长得完全不一样，瑞恩的鼻子太高了，肯定不是亲生父亲。 凯蒂还小，而艾茉已经开始很认真的想知道答案了。 向女儿解释为什么亲生父母不要她们，是一件很困难的事情。 我问瑞恩，你回答艾茉的问题了吗？ 瑞恩说他是这样解释的：

"中国实行一胎化的计划生育，如果第一胎是女孩而不是儿子，有的中国父母会把女婴遗弃，这是一个现实。被遗弃是不幸的，不过如果我们没有收养你，也许你会生活得很艰苦，可能会一辈子生活在农村，一生只是一个农妇。"

我不知道说什么好，虽然听得很不舒服，但无法回应。 不过这次瑞恩可能感受到了我的不愉快，补充说："艾茉能够理解"。

艾茉非常喜欢体操，已经学了两年了，还拿了很多奖。 瑞恩和凯伦把艾茉表演体操的视频给我们看，小姑娘表现得的确很有专业水准。 瑞恩很自豪地赞叹，他的宝贝女儿艾茉非常有天赋。 我说，艾茉像个天使……

在温哥华，收养中国孤儿弃儿的家庭不在少数。 瑞恩夫妇经常和另外九个类似家庭一起聚会，特别是遇到中国传统节日的时候。其中一个家庭已经收养了两位中国孤儿，一位患有天生兔唇，另一位患有心脏病，不过经过手术治疗后都非常的健康、聪明、可爱，最近这个家庭还想到中国来再申请收养一个孩子。

因为关注儿童权利与儿童福利的缘故，最近一些年接触了很多弃婴、溺婴、虐童的案例，有时候，会有一种麻木感。 印象最深的并不是那些血腥或者悲情的案例，而是很多年前在 J 省小镇上曾经遇到的一位抱着大约只有几个月大女婴的老太太。女婴瘦弱，显然有些营养不良。当时 J 省儿童福利机构正在试点孤儿家庭寄养模式，老太太从儿童福利院领来了这个女婴，她们家可能还领了几个。老太太淡淡地向我抱怨，福利院给的奶粉钱太少了，养这个小家伙根本赚不到钱。

很多年前许智女士写了一本记录十三个收养中国孤儿的英国家庭的书——《中国孤儿和她们的洋父母》，这本书中记录了洋父母们这样的心声：

她们需要爱，

她们需要家，

我们需要孩子，

我们也需要家，

我们渴望做父母，

感谢孩子，是她们给了我们做父母的机会。

我承认，这个来自温哥华的这个特殊家庭改变了我对涉外收养的看法，虽然有时候心里会有些莫名的"堵"。

绿皮车一代

　　每年总会有大约两个月的时间主要选择高铁出行，因为梅雨时期的上海航班基本不靠谱。 单曲循环 Conquest of Paradise，此刻的高铁时速 307 公里，这样的体验有时恍如隔世。 对于绿皮车一代而言，乘火车的每一次旅行都仿佛这首震撼人心罗马战歌中大军的突袭。 抵达目的地的时刻，完美合拍这首曲子凯旋而归部分的旋律。

　　乘绿皮车旅行开始于大学时期，那时候从老家到重庆没有直达，需要先在新余或者南昌中转，才能坐上开往重庆的绿皮车。 火车需要咣哧咣哧 50 多个小时才能抵达山城，后来即便提速也需要 30 多个小时。

　　绿皮车留下印象最深的是"挤"。 中途停车时间短，为了在最短的时间内挤上车，通常需要翻车窗。 那是一项技术活，如果没有几个人配合是无法成功的。 那时候同行的小伙伴分工严密，有的负责强攻，有的负责胁迫窗边旅客防止窗户被关闭，有的负责接应。直到有一天我们发现，分工严密不如一根铁撬棍管用。

　　绿皮车留下印象次深的，还是"挤"。 上一次厕所通常需要花费一两个小时跨过重重人坎，当然那还需要幸运，因为厕所通常早已经被人占领。 不用人教，你很快就能学会如何保持最底线的引水量，以确保不中暑脱水同时又可以基本全程不上厕所。 绿皮车之旅很少有座位，因为长时间站立，抵达目的地时，腿脚通常会因静脉曲张肿胀而无法穿下鞋子。 不过，下车时的酸爽早已让你忘记了肿胀的双腿。

绿皮车一代，只能是野蛮生长的一代。 在枯燥的旅行中，在燥热的每一节车厢，有的是时间观察社会和体验人生。 绿皮车上有温情，但主要是丛林，每一个乘客都是非洲草原上长途奔袭的角马，跨过的每一根枕木都充满着危险。 每一个乘客都在似睡非睡中，保持着警醒。 这样的思维方式，根深蒂固于绿皮车一代。

很多年后，有一次和老先生走在昆明街头。 一个满脸疲倦的老妇抱着一个孩子拦住了我们。 老妇说，她们是外地人，到了昆明被人骗了，哀求 50 元好买票回家。 我还没有反应过来，老先生已经动容地给了老妇 50 元。 "老师，您被骗了，这肯定是骗子！"我仍然试图阻止。 "我知道她可能是骗子，但如果这是真的呢？ 50 元对我不算什么。"老先生平和地回答。

老先生出生于上个世纪三十年代，属于抗战迁徙一代，青少年时期从烟台迁徙武汉，又迁徙重庆。 这件事情让我知道，绿皮车一代和老先生这样的抗战迁徙一代，完全是两个时代的人。 而这样的老人就算经历了"文革"，也与"文革老人"完全不同。 曾经听"文革老人"讲起他们那一代免费乘火车串联的经历，讲到忘情处还能啪啪亮出几个标准的忠字舞动作来，那样的境界绝不是目瞪口呆的绿皮车一代所能领悟的。

绿皮车在什么时候淡出了旅行的主要方式，已经无法记起来了，只是这些年又有些怀念，有人说这是年衰的体现。 去年去井冈山时，还特意怀旧了一回，并且满怀深情的发了几张照片以做纪念，结果在朋友圈赢得一片冷嘲热讽。 因为细心的朋友发现，那是软卧车厢。

　　远去的绿皮车还时常会出现在梦中，但我知道它从未远离。 带着原罪降临的高铁改变着中国，只是不知是否也可以改变绿皮车一代？

车行腾冲

　　小时候读到赫拉克利特"人不能两次踏入同一条河流"之语，莫名喜欢，虽然一直不懂这句话的含义。

　　因为航班取消，改飞芒市，再驱车百余公里到达腾冲。 对于一座曾经去过的旅游小城而言，未曾想过会去第二次。 前一次纯粹是旅游，而这一次纯粹是因为工作。 虽然只过去数年，对这座小城的印象却已经模糊。 也许是因为去过的地方太多，也许是因为城市建设的同质化——包括那些所谓"建新如旧"的著名古镇。 但有一个地方，依然印象深刻。

　　国殇园，位于腾冲县西南来凤山麓的小团坡，安葬了远征军攻克腾冲阵亡将士尸骨近万人。 还记得五年前初访国殇园，大雨滂沱。是时在雨中默然而行，心中愤恨梗塞，几近落泪。 每一个男人心中都有一个远征梦，恨生不逢时，不能为国效力，马革裹尸而回。

　　工作完成，临别腾冲的数小时，雨突然又下了起来，也许因为那是一个只适合在雨中致敬的地方。 国殇园边新改建了滇西抗战纪念馆，藏品丰富，布局匠心，每一个细节都在述说着日军的残暴与我抗日军民的坚苦卓绝。 出纪念馆，左转数米即是国殇园。

因为需要赶下一趟行程，特意再去与小战士塑像合了影，而后默然不语，匆匆而行。 小战士笑容依然腼腆和稚气，虽然只有十三岁，但已从军两年。 后人一直想找到他的归宿，但终以失败告终。 他是死是生，又魂归何处，已不得而知。 我只知道，他，不应当，伫立在，那个地方。

纪念馆与国殇园的每一个痕迹，都激荡着参访者对日军残暴的仇恨。 而再访国殇园，凝重依旧，但心情平静异常，没有了前次造访时的愤恨与马革裹尸的冲动。 年近不惑，才终于明白，若不能超越仇恨，死亡又有何意义。 钢盔下每一个年轻生命的慨然赴死并不是为了下一场战争的胜利，而是为了后人不再遭受战争的荼靡。

其实有很多道理都是如此，不是因为经历才会明白，而是因为只有到了一定的年纪才会懂得。

当地朋友鼓动在腾冲购房而居，并诗意地引用了冯骥才"择一城终老"的名句作为说服的依据。 笑而问之，"择一城终老"的前句是什么？ 朋友茫然不知。 此句传为孔子语录，完整之句是"君子如水，随方就圆，无处不自在，择一人而白头，择一城而终老"，孔子强调的是君子随遇而安。

冯骥才删去了"君子如水，随方就圆，无处不自在"的教诲，只留下并改成了戚戚我我的"择一城终老，遇一人白首"。 意境虽美，含义却是南辕北辙。 若不懂随遇而安，择城与白首又有何意义？

一直敬佩连出家也能修炼成大师的李叔同，直到多年前拜访泉州开元寺弘一法师纪念馆。 1918 年李叔同剃度出家，数周后，日本妻子携幼子从上海追到杭州，悲恸欲绝隔寺门质问："慈悲对世人，为何独伤我？"大师以"在佛前，我祈祷佛光加持你"，"爱即慈悲"答问。 那一刻，我才明白原来弘一法师也是一个高级骗子，大师光环从此跌落。 一直以为不牺牲点什么做的事情就不够伟大，所以曾经才会对弘一法师敬慕有加。 若干年后才明白，超越本份的慈悲已不是慈悲，而丢了本份的大爱，又有何意义？

车出腾冲，冒雨前往保山城，雾锁深山。 想起了纪伯伦那句，"走得太远，以至于忘记了为什么而出发"。

遇见台北

如果哪天你想为一个城市写点东西，那一定是这个城市让你有所错过。 在阳台上抽着烟，总觉得应该写点什么，很努力的想，却总也想不起来。

两次遇见台北，都不是冬天，但每一次都下着雨。 你以为这是为你而落下的雨，而其实这只是台北雨季平凡的一天。 出了机场，直接去餐厅，吃完卤肉饭，去忙该忙的事情。 仿佛预设好的程序，或者是一种习惯，有时候会有一种回到离开多年老家的错觉。

可能是曾经对台北的期望太高了，总觉得这是个破破的城市，而且这种感觉似乎不只是我一个人。 上一次的同行者中有个不大不小的官员，下了飞机就一言不发。 我觉得他有什么心思，又不好说破，直到他闷头吃完卤肉饭：

"台北怎么这么破啊，早就该拆了"。

我以为这是他的幽默，但随后的几天，这位老兄已经在很认真的规划台北的拆迁计划了——除了101，都在拆迁之列。

像我这个年纪的人，早已被一首歌预设了台北的印象，根深而蒂固。 以至于发现了台北细密小雨的恼人，也不忍心说出一句抱怨的话来。 上午在 X 大学交流，可能因为太过疲劳了，开了小差，耳畔总萦绕着淡淡的旋律。 大约到了"也许会遇见你"这一句，大楼还不算太激烈地晃动了起来，晃得有些令人头晕。 正在发言的 C 教授停了下来，随口而出："嗯，这地震大概五级吧"。 事后才知，5.3 级。

台北也许很普通，但遇见的每个台北人都是有故事的。 前一次到台北，因为研究犯罪学的原因，当地的朋友安排访问了 T 区的黑帮老大 L。 L 最近一些年在搞房地产或者其他之类的东西发达了，一直想有去大陆发展的想法。 漫不经心的聊着天，三句不离本行，随口说了些大陆反黑法律与政策。 临别时 L 说，他还是爱台北的。

另一位印象深刻的台北人是 Z。 Z 是台湾外省人二代，也是资深的犯罪心理专家，已经在某矫正机构做了十年义工。 1949 年，他的父亲随着国民党败退台湾，2005 年去世。 Z 自作主张把父亲的骨灰送回了大陆，葬在了东北老家，然后开始了义工生涯。 Z 说，他一直在追寻生命的意义与价值，而另一位台北人说，这是"移情"。

晚上走在台北街头，正有些累了。 前边的人群突然骚动了起来，行人纷纷举起手机拍照，还夹杂着女生的尖叫。 一个男人和几个小伙伴围着一个女人跳起了街舞，另一群小伙伴则夸张的晃动着手中的牌牌。 那个女人拎着一打气球，还抱着一捧玫瑰，看得出，她在很努力的配合这样浪漫的场景。

不是每个人都有机会在台北街头遇见传说中的求婚，竟然被我碰上了，然后成功而彻底地毁掉了对台北最后一丝残存的遐想。 你以为遇见了童话般浪漫的爱情，却发现了现实的残酷。 而这只是因为女主丑得令人发怵，而男主还傻傻的。 对了，还有前奏音乐实在太过冗长。

出门在外，住的房间有个能抽烟的阳台，真的很重要。

　　这些年，常辗转于各个城市，大抵平均一两周就要旅行一次。家人、朋友多以为舟车劳顿，奔波劳苦，我却不以为然。　旅途之乐在于可抛下诸种琐事，得有整段的闲暇时间，随性地读些闲书。

　　近几月不知为何对费孝通的兴趣陡增，或重读其旧作或泛阅其传记，颇多收获。　这次出行，随身带的是其《江村经济——中国的农民的生活》（商务印书馆 2001 年版）。　此书是费孝通的代表作，为老先生在国际上赢得了不少声誉。　1981 年，费孝通获得赫胥黎纪念奖章在英国皇家人类学会上发表演讲时，就根据的是其老师雷蒙德·费思爵士的建议以"开弦村 1938 年以来所发生的变化"①为主题。

　　《江村经济》以白描式的手法细致入微地呈现了 20 世纪 30 年代中国江南一个典型村庄的农民生活，偶尔还插入一些西方式的幽默。这是一本写给外国人看的书，足以引起西方人的浓厚兴趣。　而我小时候就生活在类似的村庄里，书中所述实在太过熟悉，不免索然无味。　费孝通笔下的江村恬静而祥和，就算谈到在土地有限的压力下

---

① 费孝通：《三访江村》。

通过弑婴或流产来控制人口数量以避免因分家导致贫困时，似乎也是如此。[1]

　　未待登上回程航班，《江村经济》已经翻完。 近期北京傍晚多有暴雨或者上海常常航空管制，这可能是导致京沪航班大面积延误的原因。 有旅客已经与上航、东航柜台的姑娘大吵起来。 不知何时才可能登机的等待才是令人难以忍受的。

　　所幸候机室边尚有一书屋，随意买了两本。 一本是《民国韵事》(夏真著，外文出版社 2009 年版)，以小女人的视角尽掘民国名士名媛的风流情事。 若按 79 年刑法或者 97 年刑法的标准，胡适、鲁迅、苏曼殊、沈从文等等诸辈，虽不知谁会成为聚众淫乱罪第一案的主角，但按照流氓罪的标准在严打期间均依法从重从快，亦未尝不可。 若按《治安管理处罚条例/法》或者劳动教养的标准，则民国名士名媛，大体可一网打尽。 另一本是余秋雨的《回望两河》(盲文出版社 2007 年版)。 余秋雨先生是个文化人，其文化散文底蕴深厚，令人肃然起敬。 只是终于要登机，此书只有留待下次旅程再消遣了。

---

[1] 不过让我有些不明白的是，如果溺婴、流产的主要原因是避免两个儿子导致有限的土地一分为二带来家庭贫困(《江村经济》，第 46 页)，那为何溺亡的通常只有女婴，而非男婴? 这大约又是经济学帝国主义的一个例证吧。

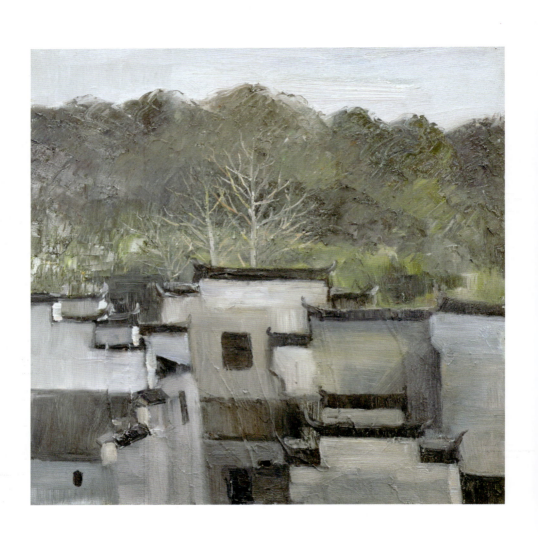

能让徐志摩魂归天穹，金岳霖终身不娶，她一定是个不同凡响的女子。 不知是因为与那个时代精英男人的纠结与暧昧，还是因其天性所具的美丽、灵性与才气，反正她已经成为了那个时代"佳人"的象征。

然而，读完《悼志摩》，我竟然有些愤愤了。 这是一篇程序性的，写给读者看的悼文。 如此平静而理性的文字，显然不应出自悲痛欲绝的恋人或者好友之手。 她当然知道诗人的死是为了赶去听她的演讲，但悼文中并没有透露出一丝一毫的内疚与自责。 关于前男友的悼文，却有意无意地多次出现现任丈夫"思成"的名字，不知是欲盖弥彰，还是为了向世人暗示什么。 渐次明白，她为什么与诗人热恋，与哲学家暧昧，却嫁给了梁任公之子梁思成。 我只能说，这是一个闪烁着祸水般魅惑的理性女子。

写作《纪念志摩去世四周年》时，林徽因已经年过三十。 这篇透着围城沧桑的祭文写得感性而又感人，或许也是只说与志摩的心语。 可惜，诗人已经不能听见，更不会用煽情的诗篇来附和了。

徐志摩死后，林徽因似乎诗性盎然，写下了其代表性诗篇《你是人间的四月天》。 不知已在天堂里的徐志摩读到这首诗，会作何感想……

你是人间的四月天
——一句爱的赞颂

我说你是人间的四月天；

笑响点亮了四面风；轻灵

在春的光艳中交舞着变。

你是四月早天里的云烟，

黄昏吹着风的软，星子在

无意中闪，细雨点洒在花前。

那轻，那娉婷，你是，鲜妍

百花的冠冕你戴着，你是

天真，庄严，你是夜夜的月圆。

雪化后那篇鹅黄，你像；新鲜

初放芽的绿，你是；柔嫩喜悦

水光浮动着你梦期待中白莲。

你是一树一树的花开，是燕

在梁间呢喃，——你是爱，是暖，

是希望，你是人间的四月天！

老家有一书房，虽然都是些老书，但都是儿时伴我成长的读物。当年年幼，许多书并未看懂（例如《幸福而短促的人生——塞涅卡道德书简》之类），即便懂了也没什么太深的感触（例如《新注刀笔菁华》之类），多有重读的必要。三哥在近些年也收罗了不少好书，此次回乡，亦正好可得空一阅。

《季羡林谈读书治学》（当代中国出版社 2006 年版）这本书是从三哥书房的角落里抠出来的。以前读过季羡林的几本随笔集和他的画传，都是在候机厅的书店买了在飞机上读来打发时间的。不知道这样对待其人其文是否有不敬之虞。

季羡林是个大学问家，至少大家都是这么认为的。不过我却基本没有读过他的学术作品。对于世人而言，仰慕其人多是通过其散文与随笔。与季老相似之人还有很多，例如钱锺书。在今天，仍会去读钱锺书学术作品者屈指可数，本人也不例外，迄今对于钱大师的学术作品从未认真读过，但其《围城》却已读了数遍。

季羡林对于高深学问与通俗随笔的看似矛盾的态度，颇为有趣。季老说：

我就有一个偏见：我反对一切通俗化的举措，看不起一切通俗化的书籍。我当然崇拜专家，但我所最崇拜的却是专门研究一个问题的专家。问题的范围愈小愈好，牛角愈钻得深愈好。最好是一头钻进去，钻上三年五载，然后写出一篇论文来，这篇论文也许世界上只有几个人肯读，只有几个人能够读得懂。这样一个专家在我眼中才真正是一个专家，才真正值得佩服。①

尽管如此，季老又说：

有时候，搞那些枯燥死板的学术研究疲倦了，换一张桌子，写点散文，换一换脑筋。就像磨刀一样，刀磨过之后，重又锋利起来，回头再搞学术研究，重新抖擞，如虎添翼，奇思妙想，纷至沓来，亦人生一乐也。②

搞了半天，我们读的东西都是季老先生用来调剂脑筋的闲品！说来有趣，真正成就季老的，或许并非其学术作品，而恰恰是这些"闲品"。阳春白雪与下里巴人相映成趣，高深学问与通俗随笔游刃有余，对老先生不佩服不行。

读季羡林的的随笔，有如与老先生促膝而谈，又如世纪老人在耳畔呢喃，虽为午时，然让人倦意全无。这本书里边还有很多引人共鸣之语：

1. "刘项原来不读书"。

"秀才造反，三年不成"。……在古代——请注意，我说的是"在古代"，今天已经完全不同了——造反而成功者几乎都是不识字的痞子流氓，中国历史上有两个马上皇帝，开国"英主"，刘邦和朱元璋，都属于此类。诗人只有概叹"刘项原来不读书"。"秀才"最多也只能成为这一批地痞流氓的"帮忙"或者"帮闲"，帮不上的，就只好概叹"儒冠多误身"了。③

---

① 《把学术还给人民大众》，第 36 页。
② 《研究、创作与翻译并举》，第 78 页。
③ 《"天下第一好事，还是读书"》，第 2 页。

季老先生在讲这话时非得着重强调"在古代"，而且似乎怕人忽略了这一点，还特别加上"——请注意，我说的是'在古代'，今天已经完全不同了"。季老先生果然是过来人，说话有水平，深知话不能伤人自尊心的道理。按照一位朋友的说法，那就是不能撒娇过度了，端得有道理。前些日子读章诒和《这样事和谁细讲》，里边讲到阳谋时期某大右派竟然讲出"现在是小知识分子领导大知识分子"的话来，真是活腻歪了。

2. "这种逻辑非常滑稽"。

胡适大力提倡考据工作，引起了纷纷的议论与责难。一直到解放后，每次对胡适进行所谓批判，都有人主张，胡适之所以提倡考据是为了引导青年钻入故纸堆中，脱离当前的斗争，从而防止共产主义在中国的传播与发展。天下翕然从之，从来没有什么人提出异议。我对于这种说法一直持怀疑态度。胡适不赞成共产主义，这是事实，是谁也否定不掉的。但是，为了反对共产主义，就提倡考据，天下能由这种笨伯吗？……还有一个与此类似的说法，我也深为怀疑。有不少人说，清代乾嘉时代考据之风大盛，与清代统治者大力提倡有关。而从事考据工作的学者们，也想通过这种工作来避免文字狱之类的灾难。我个人觉得，这种逻辑非常滑稽。如果统治者真想搞文字狱，欲加之罪，何患无辞？[①]

胡适于季羡林有知遇之恩[②]，老先生为之辩护在乎情理之中。尽管如此，在我看来，讲逻辑不过是一种生活常识，并没什么高深之处，也没有什么需要深究的动机。季老先生所说的"这种逻辑非常滑稽"，实在值得但凡握有话语权者仔细回味。

---

① 《为考证辩证》，第 42 页。
② 季羡林于 1946 年回国，被胡适聘为北京大学教授。

3. 祢衡骂曹与章太炎骂袁。

在季老先生看来，"骨气"与"爱国主义"是数千年来中国知识分子所养成的两个突出特点。 在讲到中国知识分子的骨气时，季老先生举了三个例子： 三国时候，祢衡击鼓骂曹①；民国时候，章太炎赤足持扇胸配大勋章站在新华门前痛骂袁世凯；解放前夕，朱自清忍饥不吃美援面粉。② 朱自清不吃面粉好像在中小学时期的课本里就学过，但是祢衡击鼓骂曹、章太炎赤足骂袁却是在读闲书时才知道的。 对朱自清的骨气当然敬佩，然祢衡骂曹与章太炎骂袁体现的才真正是令人仰慕的知识分子气节——当然，我辈只有仰慕的份。 哪天发了疯，冒着诽谤罪或是其他罪的风险也这么发一回飙，也不枉读了那么几年的书。

4. 道德文章。

中国历来评骘人物,总是道德文章并提。道德中就包含着气节,也许是其中最重要的成分。中国历史上有一些大学者、大书法家、大画家等等,在学问和艺术造诣方面无疑都是第一流的,但是,只因在气节方面有亏,连他们的学问和艺术都不值钱了。宋朝的蔡京和赵孟頫,明朝的董其昌和阮大铖等等都是典型的例子。在外国,评骘人物,气节几乎一点都作用都不起……"岁寒然后知松柏之后凋也"这样的伦理道德境,西方人是难以理解的。③

数千年来，在中国做个文人不容易，文章原本就难做，还要保持气节那就更难了。 这种"不容易"只是到了今天改变了起来，文章与道德渐次脱了联系，更与气节没什么关系，不知道这是否也算是"与国际接轨"，是否也是种进步?

---

① 《汉语与外语》,第85页。
② 《汉语与外语》,第86页。
③ 《陈寅恪先生的道德文章》,第130页。

5. 国学大师?

最近一些年季羡林着实"很火",坊间多有将老先生称为"国学大师"者,搞得老农一直哀叹读书太少,甚觉惭愧。 读罢此书,方知老先生对于"国学大师"之类"惊人的帽子"是十分反感的。 老先生说:

听说康有为说过,他年届三十,天下学问即已学光。仅此一端,就可以证明,康有为不懂什么叫学问。现在有人尊他为"国学大师",我认为是可笑的。他至多只能算是一个革新家⋯⋯我并没有被这些赞誉冲昏了头脑,我头脑是清楚的。我只劝大家,不要全信那一些对我赞誉的话,特别是那些顶高得惊人的帽子,我更是受之有愧。①

季先生学术研究的特点的确可称为"杂"。 在谈到学术研究涉及的范围时,老先生说"我不能属于博返约派",并且概括了学术研究涉及的十四种范围,但并未将"国学"单列其中。 看来,我推断老先生反感"国学大师"的帽子大约尚不至于是种"滑稽的逻辑"。

"一大批旧社会来的知识分子"②都有一个共同特点: 博通古今,学贯东西。 这一代旧知识分子属于特定时代的产物,而且已经不可能再生。 唐德刚曾感言:"我国近代学术,以五四开其端,到30年代已臻成熟期。 那时五四少年多已成熟,而治学干扰不大,所以宜其辉煌也。 这个时期一过以至今日,中国再也没有第二个'30年代'了"。③

季羡林作为1946年的北大教授,能活到21世纪,也就修炼成大师了,称为"国宝"也的确贴切。 当年与人理论费孝通之学问,曾言"活得长是成为大师的先决条件,甚至是决定性前提"。 今日再思量,此话仍颇有些道理。

---

① 《满招损,谦受益》,第107页。
② 《朱光潜先生的为人与为学》,第152页。
③ 转引自《胡适先生的学术成就和治学方法》,第141页。

荒漠甘泉

　　这本书搁在室友的书架上已经很久了，取它的时候，表面上还有一层积灰。 我素来不太喜欢读这类似乎会给人一种无病呻吟感觉的书，因此在此之前从来没有注意过它的存在。

　　"我们的一生无时无刻不在患难和危险之中，但对于有信心与爱心的人，在他的心中却有极大的安宁。正如经书上说："在世上你们有苦难，但你们可以放心，我已经胜了世界。"

　　"信心是一泓鲜活甜美的生命甘泉，爱心是一座支取不尽的心灵宝库。"

　　读到这句话时，内心正泛着一缕酸楚，感受到它的震撼只是刹那之间的事情。 这是一本日记体式的著作，不自觉的翻到 1 月 11 日。

　　"只要世界存在，就会有需要安慰的人。可要安慰别人，自己最好先受过训练，才能胜任。不过这种训练的代价极大，因为你须亲尝种种催人泪下的苦楚，你才能了解被安慰者的需要。"

　　"你是否惊异地发现，你正在受着愁苦的煎熬？ 十年后你会明白的，也许那时候你会遇到跟你同样受着愁苦折磨的人。因为你可以见证自己这样曾跟他同病，怎样得到医治。"

"主安慰我们,不是叫我们享受安慰,乃是要我们做安慰使者。"

1894 年初,考门夫人病危,青梅竹马的丈夫查理·考门在神面前谦卑祷告,求神医治爱妻的重病,并许愿以余生供奉神。不久,考门夫人神奇般的康复。

这不禁让我想起母亲曾经讲过的一个故事。很多年前,有一个婴儿刚满月,一次在母亲怀中突然抽搐、口涂白沫、肤色转青。这种小儿急症对于一个离乡卫生院尚有百里之遥的农家即意味着灾难。悲痛欲绝而又无措的母亲,突然将婴儿放在土屋前的黄土地上惨然下跪,响重地磕头,向天祈祷……第二位是婆婆,接着是丈夫、公公、邻人……围观的村民、田间劳作的农夫……奇迹发生了。

经书上说:"一粒麦子不落在地里死了,仍旧是一粒,若是死了,就结出许多子粒来。"考门夫妇并未对主食言,两人做了一些当机立断的决定,按日实行十分之一的奉献,将自己的大房子出售,所得款项捐赠给非洲的传教士,考门先生放弃电报局的工作,全部时间用于传道。从此,两粒麦子共同走上了一条陌生的道路。

1918 年的一天,那时候考门夫妇单纯的爱心与爱人类的热诚正撒向世界,他们走在从俄亥俄州到密西根去的路上,考门先生忽感心脏剧痛,立即下车就医,从此一病就是六年,直到有一天突然去世。六年之中,考门夫人随时陪伴于病魔缠身呻吟床笫的丈夫身边,与夫君共同品味病痛的煎熬,共度漫漫长夜。只有苦难折磨出来的经验才具有撼人的力量,考门夫人开始提笔写作,她要让一个离群索居,关在病房中或在荒漠中的传教士,听到凯旋的奇妙音乐的回音,学会在沙漠中发现涌流的溪水。这就是初版于 1920 年,英文版当年即售出 200 万册以上的《荒漠甘泉》。考门先生去世之后,考门夫人立即承担起丈夫未尽的遗愿,辛勤地在远东工作,终于不支倒地,医生确诊为绝症。但绝症阻挡不住奔腾的心,不得不回到美国的考门夫人依旧努力工作,希望为远东为中国献上一切。1960 年 4 月 17 日,复活节，90 高龄的考门夫人离开了人世。 安息前三天，她默默地将文件、日记交专人处理，这些文件在她死后经过整理，即《荒漠甘泉续篇》。

民国期间，宋美龄在重庆亲自、首次将这本《荒漠甘泉》翻译成中文、专门送呈蒋介石灵修之用。 据说蒋介石生前每日研读此书，数十年从未曾间断，并于公私信函中一度推荐此书。 蒋介石去世时，在遗嘱中特别要求陪葬在棺椁中的书有四本，其中第一本就是《荒漠甘泉》。

凌晨三点，读到最后一页：

追忆时光，

一切又要从头开始！

主啊，我已听到天使的号角，

赐我勇气，冲破夜幕，

迎接又一个崭新的晨曦。

人生，就是一朵浪花

近些年不知为什么，对民国时期的大学教育模式十分感兴趣，大约与做了几年大学老师做得憋气得很有关系。

《上学记》（何兆武口述、文靖撰写、三联书店 2006 年 8 月版）这本书一买回家，首先翻到的是"三个大学从来都'联'得好"一节。西南联大早就仰慕，记得前两年去昆明对未成年人司法项目进行评估时，借在昆明淘书之际，不小心去了趟云南师范大学。 云南师大所处之地旧时属于西南联大之一部。 读《上学记》方知，云南师范大学的前身属于"搭售"的西南联大师范学院。 当时云南教育差，希望联大给云南培养教师，联大也不好拒绝，就合办了一个副牌——师范学院，即今之云南师范大学（第 103—104 页）。 办大学也有搭售，想来也的确有趣。

西南联大能够如此著名，不是没有理由的。 "旧社会"学术的自由度其实也相当之高。 没有标准教科书，老师讲课是绝对自由，讲什么，怎么讲全由教师自己掌握，比如陈寅格讲课没有任何教学大纲，完全是信口讲。 想想自己在大学教所谓书，又是教学计划，又是课程档案，被折腾来指示去，不免慨然。

何兆武回忆西南联大师友同学的下场，读来令人唏嘘。 "政治是非常之黑暗、复杂、肮脏的东西，一定要远离政治"。

文靖所作后记过于深沉，读来令人压抑和心中如有物梗塞。 不过所引两句话颇值熟记：

康德的墓志铭："有两样东西，我们愈经常愈持久地加以思索，它们就愈使心灵充满不断增长的景仰和敬畏： 在我之上的星空和居我心中的道德法则。"

诗人济慈的墓志铭： Here lies one whose name was written in water. (这里躺着一个人，他的名字写在水上。)何兆武亦说："人生一世，不过就是把名字写在水上。"突然明白张允和家族的杂志何以取名为《水》，周有光在《水》的结集《浪花集》中何以感慨"原来，人生就是一朵浪花！"

那个老头

老人是一杯香醇的酒，细品美不胜收，越品越有味道，百岁老人则更显香甜醇厚。

夜读《周有光口述》（广西师范大学出版社 2008 年版），书里面有回忆报考及在圣约翰大学求学一节，不免感慨。 圣约翰大学是美国人在中国办的教会学校，虽然学费贵得不得了，一个学期要两百多块银元(一两块银元可以够一个月生活费)，但在近代中国可谓享誉世界之名校。 这个学校基本上是全英文教学，据说那时候的圣大垃圾桶里，常能发现被学生读烂的英文词典。 这个学校的教学、管理水平可以令今天的大学汗颜，近代很多名人都是这所学校毕业的，除了周有光外，还有顾维钧、宋子文、邹韬奋、经叔平等。

考这个学校的难度有比靠状元还难的说法，不过那时候的考试方式和现在不一样。 周有光回忆，那时候考大学一共考六天，8 点钟到，上午 9 点到 12 点，下午 1 点到 4 点，一天连考 6 个小时。 考试范围预先告诉你，但是题目量巨大，舞弊是不大可能的。 六天中只有一天用中文考，其他都用英文。 录取也很有意思，当年招生人数没有限制，及格的都收，哪年没有及格的，一个也不收。

圣约翰大学的旧址就是我现在工作的华东政法大学长宁校区所在地，华政占了圣约翰大学的风水宝地，可惜除了楼宇还是圣约翰大学的外（当然圣大经典建筑中的小教堂已经拆了，那些令人向往的大树也砍得差不多了），鲜有可与圣约翰大学相比之处。

以下精彩片断颇值玩味：

我们这个大学不是培养专家的，是培养完美人格，在这个基础上，可以发展成为专家。（第26页）

当时有一个思想说：人在一个单位工作，不要超过三年，为什么呢？一个人在一个地方呆久了，就会麻木，没有新的刺激，所以当时的教授跟大学要订合同的，不超过三年，三年以后换一所学校，换一个地方。这跟解放后的思想不一样，解放后是在一个地方，一生就不要动了。那时候要动，才有发展，这个思想影响很大。（第31页）

我想起爱因斯坦讲过一句话：一个人活到六七十岁，大概有十三年做工作，有十七年是业余时间，此外是吃饭睡觉的时间。一个人能不能成才，关键在于利用你的十七年，能够利用业余时间的人就能成才，否则就不能成才。（第62页）

无处安放的穆旦

·

虽然对穆旦早有所知，但一直没有系统读过其诗文。 在这样一个诗道沦落的时代，一些诗人之所以能够让人有些许记忆，往往不过是因为其一两首名诗，甚至只是其中著名的一两个句子。 而著名诗人穆旦于我，就连这样的名句也没有记住过。 从前只知道他是九叶派的代表诗人之一而已，连仰慕也似乎谈不上。 某一个晚上，纪实频道播出了一个诗人穆旦生平的片子，那时候我正在书房，不知为何开了小差，踱至客厅看到结尾，直至默然呆立良久而不能释怀。

《穆旦诗文集》(中国出版集团、人民文学出版社 2007 年版)编辑者的成功仰或败笔之处在于将穆旦的散文、书信甚至日记，与其诗合编为一集。 一边读着"再没有更近的接近，所有的偶然在我们间定型"①的诗句，一边读着"敬祝毛主席万寿无疆"的书信②，甚至"认罪必须扎根在思想上，这是根本的"③的日记，这实在是一种令人难以忍受的痛楚。

---

① 《诗八首》，载《穆旦诗文集(一)》，第 80 页。
② 1969 年 8 月 31 日穆旦致周与良的信，载《穆旦诗文集(二)》，第 250 页。
③ 《日记手稿(2)》，载《穆旦诗文集(二)》，第 263 页。

古往今来，因为诗而致人著名者似乎并不多，但因为人著名故而其诗亦著名者却是不少。就穆旦而言，他实在是太平凡了，不过是那一代知识分子宿命的一个缩影。穆旦的一生以炫丽、深沉的诗篇开始，却以诗情殆尽而逝去。国家之不幸，没有成为诗人之大幸，诗人穆旦之悲剧，正在于此：

将近一个月来，我煞有介事地弄翻译，实则是以译诗而收心，否则心无处安放。①

——穆旦

① 1977 年 2 月 4 日，穆旦致友人杜运燮的信，载《穆旦诗文集（二）》，第 149 页。

灵魂在高处

京沪高铁，全程约五小时，正好是读完一本书的时间。

此次列车之旅读的是《干法》，日本经营之圣稻盛和夫所著。已经"几十年"不再读这类"适于"学生时代的"成功学"著作了，但季羡林说："根据我七八十年的观察，既是企业家又是哲学家，一身二任的人，简直如凤毛麟角，有之自稻盛和夫先生始"，这让我对这本小册子充满了好奇。

在这本书里，稻盛和夫似乎不能免俗，讲的也是自己的成功感悟，从初入职的迷惘，到功成名就后的自我超越。不过，和成功人士的成功之道通常"不可复制"不同，稻盛和夫以平实的语言，娓娓而谈的都是一些看似"愚直"的道理，比如工作的目的不是养家糊口而是磨练灵魂提升心志，再苦也要让自己喜欢上所从事的工作，要以高目标为动力持续付出不亚于任何人的努力，通过持续的力量将平凡变为非凡，出色的工作产生于完美主义，每天都要钻研创新。

这些话，都很"日本"，也是对日本"职人精神"的另一种解读。

有人这样概括日本的职人精神："磨练自己的技术，保持自信，不因金钱和时间的制约而妥协自己的意志，只做认可的工作；一旦接下工作就将利益置之度外，使尽浑身解数力求圆满完成"。

在日本有这样一群匠人，一生只做一件事，几代人只做一件事，不为利益所动，只为做到极致。他们不会因为原材料价格上涨而偷工减料，不会因为客人多了就打折服务的质量，更不会为了多赚一些利润而添加有毒有害物质。韩国中央银行曾经对全球41个国家百年以上传统老店进行了一次调查，结果发现有5586家经营超过200年的老店，其中3146家在日本。有人做寿司，做了一辈子。有人做酱油，做了一辈子……

钱理群曾经说，我们的一些大学正在培养一些"精致的利己主义者"，这句话很直接也很深刻。钱先生又说，"他们的问题的要害，就在于没有信仰，没有超越一己私利的大关怀，大悲悯，责任感和承担意识"。

近些年来国家持续反腐高压，挤压了很多行业的灰色利益与灰色空间，消极怠工在很多行业，尤其是公职行业成为"新常态"。因为无利可图，没有"前景"，也因为干得多，错得多，风险也多。

稻盛和夫说，工作的目的是磨练灵魂，全神贯注于自己的工作就可以磨练自己的灵魂，而"磨练灵魂，就会产生利他之心"。"有了美好的心灵，就会很自然地去想好事，做好事，为社会、为他人着想，并落实在行动中"。

稻盛和夫是个企业家，唯利是图原本是商人的本性，但他说："为社会、为世人作奉献是人最高贵的行为"，"抑制'自我'，释放'真我'，让利他之心活跃起来……我们的灵魂就会被净化，就会变得更美丽、更高尚"。

企业家谈利他，而且不突兀，不虚伪，只有哲学化的企业家才能做到。稻盛和夫是一个值得尊重的"富人"，你也绝不会因为他的富而生出一丝的仇恨。

这怎么会是经典呢？

明天是除夕，应该再浪费一点时间才对得起这个假期。 用写论文的电脑看部电影，是最好的方式。 看新片，需要冒着遇到垃圾片的风险，重温经典是最保险的方式。

想起有一次出差，一位朋友送我去赶回程的航班。 在车上听到一首似曾相识的歌，愣了半天也没想起是什么时候留下的记忆，但那肯定是过耳无法忘怀的曲子。 幸好手机音乐软件带有听歌识曲功能，在曲终人散的时候终于确认曲名是 Shape of my heart。 曲子很悠扬，吉他前奏的节奏感极强，辅以不明就里的歌词，足以引人沉思。

因为这首片尾曲才想起那是读大学时看过的一部电影，其实那时候看得不明就里，除了很佩服杀手的厉害外没看出其他的，只是后来人人都说那是一部经典。

电影名为 Léon，在美国上映时的片名是 The Professional，大陆译为"这个杀手不太冷"，台湾译为"终极追杀令"。 我以为，台湾的译名更恰当一些。 因为，隐藏在这部电影背后的主线是——行行有规则，无论是谁，背离了规则，必然遭受"终极追杀令"。

玛蒂达的父亲违背毒贩的职业道德，私吞了一包缉毒局警察黑吃黑的毒品，终遭恶警史丹菲尔灭门。 史丹菲尔违背了不杀女人小孩的天理，终落了个被炸得粉身碎骨的结果。 12 岁的玛蒂达做了她那个年龄的人不该做的事情，少年教养学校终成了她最后的归宿。 杀手里昂收了不该收的爱，还好在充分展示完职业杀手的专业性后，于生命的最后一刻维护了顶尖杀手的职业尊严。

当然，你还可以看出另一条主线来——12 岁的女孩与 40 岁的职业杀手之间在既似父女之情又似恋人之情间的纠结。 重温这部电影的全过程都捏着一把汗，幸好里昂被炸得粉身碎骨也没有越界。 因为，无论是按照中国的法律，美国的法律，法国的法律，还是意大利的法律，里昂都是标准的奸淫幼女犯，那整部电影的格调也就低了，里昂也就愧对顶尖杀手之名了。 如此看来，这个杀手还是够冷的。

好好一部经典，被写得越来越没趣了。 都说搞法律容易把人弄呆，确实有些道理。 还是洗洗睡吧。

这一天还是来了，尽管所有的人都知道这只是迟早的事，但我仍然惊愕。徒然地打了几个电话确认，其实未存任何侥幸心理，只是不愿意去接受这个事实。走前也不打声招呼，千里迢迢折回上海送他一程，追悼会竟然还提前了——这就是"土生阿耿"：李绍章。而且，追悼词还是基本抄袭我写给另一位英年早逝同事的，反抄袭剽窃正是绍章生前文字的重要组成部分，真是造化弄人。

前段时间，看到绍章高调推出三卷本的三戒文集，就有一种不详的预感。没有明说，只是隐约感觉到，这是绍章在以特有的方式，和这个他骂过、笑过、恨过、迷惘过、爱过的世界，告别。

三戒文集一出，江湖震动，好评如潮，多有祝贺与惊叹，而我始终保持沉默。甚至在收到绍章托人转交给我的赠书后，也有意无意地没有给他任何回复和感谢，以至于他终于按耐不住发来短信询问，并且提醒我注意查收。不久前，几位朋友谈到绍章的三部新作，赞赏不已，并一定要问我的看法。沉默了几秒，没有忍住："这不是什么好事……"。未想，一语成谶。

我和绍章是2000级华政的研究生同学，他学的是"主流专业"，而我学的是"其他专业",因此虽然同级,却未能同班,但毕竟在一栋楼的同一层楼里住过。 那时候绍章就已经开始过着白天黑夜颠倒的日子,在网上频繁而高调发帖、发文章,嬉笑怒骂,"四处斗狠",颇有横扫天下之势,搞得风生水起,一时间"土生阿耿"风靡网络,声名远扬。

早在研究生毕业时我本来和他一样有机会去野马浜的上海政法学院教书,未想这一天竟然推迟了十年。 记得2004年时,绍章还约我去给上海政法学院的研究生做讲座,讲的是我当时刚刚完成的《少年刑法与刑法变革》一书中的主要观点。 学民商法的他隐藏在研究生中,认真听完了整场讲座,讲座结束后一起乘公交车回市区,一路神侃。 到站后觉得还不尽兴,又就地寻了家小酒馆,畅饮畅谈,直至天昏地暗。

"文如其人"这个词并不适用于绍章。 与他在网络上敢于挑战一切不同,我所认识的绍章是个腼腆,甚至有些羞涩的人。 很多年前上海市法学会搞了一次青年法学沙龙,晚上我和他住在一个房间。两个男人住一起还能聊什么呢,我大约用了一个晚上劝他找个女人早点结婚,可能被说动了,他还很认真地向我请教怎么找老婆,只是后来并未见有什么实际行动。 如果那时候绍章听从我的建议,早点结婚,有人照顾了,生活有了规律,或许不至于天妒英才。

毕业后这么多年来,其实真正见面的次数不同,但我们之间的互相了解是深刻的,并且相互关注着彼此的动态,所以绍章才会写出《这就叫"差距"》这样调侃我的文章,而我在得知他重病后每次去看他都会带上烟。 已经"戒烟"的绍章总会在我的劝说下"就陪你抽几支",并且从抽屉或者其他什么地方翻出烟来,然后我们就这么一支一支对抽起来……

曾一直有些遗憾和疑问,以绍章的才华若专注于某学术领域而非纵横网络,学术上必早有大成,并且也曾认真地给过他一些建议。

逐渐地，我才发现，幸好他没有听从我的建议，否则我就成了毁掉"土生阿耿"的罪人——当然，这也是不可能的。 不过，也许绍章也曾经迷惘过，正像他在《这就叫'差距'中》以他一贯的笔调调侃的："真不知道这是为何，也许网络就像大海，'能够带走我的哀愁，就像带走每条河流'"。

后来才知道，绍章昏迷的时候，我正在飞机上。 不知道为什么，当时竟然会向空姐要了一杯酒，以前从无此习惯。 果然，只一小杯，就醉了。 直到现在，眼睛还一直干涩，难忍。

武汉教授印象

　　武汉，新中国第一本犯罪学教材的编写者，第一个犯罪学教研室、犯罪学系、犯罪学学会的创建者，我国第一个犯罪学硕士生导师，也是联合国预防和控制犯罪委员会第一位中国委员。 然而，即便是犯罪学界的圈内人，今天尚知道武汉教授者也已不多。 我试图在互联网上搜索武汉教授的相关资料与著述，结果无论是通过百度还是谷歌，几近一无所获。 如果不是因为一个纪念武汉教授诞辰 90 周年的小型研讨会即将召开，组织者邀请我参加并指定发言，我可能也不会在这样的时刻回忆起先生。 但其实，武汉教授离世仅十年。

　　我于 2000 年 9 月入华东政法学院攻读青少年犯罪学硕士学位，因而能有机会与武汉教授见过几面，但很遗憾未能有机会聆听武汉教授的直接教诲。 在印象中，武汉教授是一位随时都白发齐整、衣着讲究而精神矍铄的老者，虽历经沧桑仍依稀可见圣约翰大学学子的遗风。 在先生的介绍中，具有那一代学者的独特履历："1921 年生，1944 年毕业于圣约翰大学，1943 年参加革命，历任中共华中局、华东局干部。 上海解放初期任军管委员会政法秘书，市长秘书、上海公安局侦察科长。 后因受'潘汉年案'株连而被免职。 1978 年彻底平反，调华东政法学院任侦察教研室主任。"①

　　给我留下深刻印象的是先生一前一后两段经历。20世纪40年代求学于著名的圣约翰大学，约大优良的英语训练埋下了先生人生曲折与辉煌的伏笔；学术生命则开始于近60岁高龄之时，而这恰恰是今天一般学者退休的年龄。圣约翰大学求学时期所养成的良好气质和掌握的流利英语使得武汉教授能在开始学术生命之初就直接进入国际犯罪学舞台，而这大约也是他能够成为联合国预防和控制犯罪委员会第一位中国委员的重要因素之一。记者李尚志曾经这样记述武汉先生在联合国讲台上的风采：

　　一位身着西服、双鬓斑白、态度从容、眉宇间流露着英气的中国代表端坐在代表席上，他操着一口流利的英语，介绍了中国用"综合治理"的方法预防青少年犯罪的情况。他的讲话赢得了与会者的赞赏……联合国特别代表爱第也咪先生在这次会议的闭幕式上作了总结发言，也特地提到了武汉教授："我代表联合国祝贺中国当局派遣武汉教授参加我们的委员会，这个选择是非常明智的。我们发现他是非常完美的先生，他很友好，非常聪明，非常谦和。我们对他的合作精神和有价值的贡献给予很高的评价。"②

　　先生的奇特经历预示了他与犯罪学之间的缘分。上世纪50年代，组织派他担任了上海市公安局侦察科长，后因为潘杨事件牵连又成为了"罪犯"，整天与各类罪犯生活在一起长达23年之久。这样的经历，注定先生会是一位"不一样"的犯罪学家，而先生以近60岁高龄开始学术生涯，并成为新中国犯罪学的开拓者，出版多部学术著作并发表论文50余篇，老骥伏枥的壮怀足令我辈汗颜。

　　但，一般人对武汉教授这一代前辈学者传奇人生的兴趣，往往胜

---

① 武汉主编：《刑事侦查学》，群众出版社2000年版，主编简介。
② 《解放日报》1988年8月3日第七版特稿。

于对其学术思想的关注；对其在犯罪学研究中开创性地位的关注，往往替代了对其犯罪学著述的认真阅读。 在我的印象中，武汉教授的学术思想似乎从未被真正系统研究和总结过。 迄今为止，似乎尚无一篇专门论述武汉教授犯罪学思想的文章。 在我的书架上，有武汉教授的三部著作：《武汉论文集》《刑事侦查学》（主编）《犯罪学》（史焕章、武汉主编）。 得空之时我常常会随手翻阅先生著作，尤其是《武汉论文集》这样一部可管窥新中国犯罪学发轫史的先生代表作。 在我看来，先生堪为新中国犯罪学初创时期的代表人物，可敬又可叹的是，直到今天大部分犯罪学、刑事侦查学教科书尚未能超越先生著述的水准。

武汉教授是幸运的，也是不幸的。 幸运的是，在历经曲折之后，仍可以通过进入学术领域的方式开始第二次生命。 武汉教授又是不幸的，他一头扎进了犯罪学这样一个直到今天仍然边缘的学科，虽占开拓者的先机但注定迄今难以获得同辈刑法学者那样的荣光。

武汉教授的命运，也是一个学科的命运。 在写下这篇短文的时候，我感受到的是中国犯罪学学科的悲哀，并掩卷无语。

我们最大的心愿

——在第十八届"上海十大杰出青年"评选会上的演讲

十五年前的六一儿童节，当时我还是戒毒所的民警。一个男孩被扔在戒毒所大门口——他的爸爸在戒毒，妈妈不知所踪。这种事情不是第一次发生，但那一次我终身难忘。因为在孩子无助与绝望的眼神中，我竟然看到了"仇恨"。我曾经一直认为，法律是冷酷的，正是在那一天我领悟到，法律应当是有温度的。

十多年来，我持续致力于推动我国未成年人法治的进步，关注困境儿童的保护，包括违法犯罪少年、留守儿童、医院内滞留儿童、受家庭暴力侵害儿童、被性侵儿童等。始终在探寻和追求将法律的温暖传递给那些困境中的孩子，并因此有幸成为我国未成年人保护法治进步的参与者、推动者和见证者之一。

2013年6月21日，南京，两名女童被发现饿死于家中，尸体已经风干，吸毒的妈妈早就不知道去了哪里。原本有无数次机会可以避免悲剧的发生，但是，没有。

在独自留在家中超过两周时间的日子里，两名女童用尽了可能的求生方式，直到在绝望中死去：一个躺在棉胎上，放弃了挣扎；另一个抱着没有一滴水的水壶。

我专门去了趟象山公墓，在两位女童的墓前鞠了三个躬——我们这些成年人是有责任的。

2014年12月26日，《关于依法处理监护人侵害未成年人权益行为若干问题的意见》终于正式出台。 这也意味着，在最悲剧的结果发生之前，法律可以提前干预了。

但是，我知道，编织保护未成年人的严密法网，还需要唤起更多人的关注和努力。

这正是过去十几年里我所主要做的事情，也是我为什么经历了警察、检察官等多种职业，最终选择要努力成为一名法学家的原因。

在立命馆大学的演讲

【**按**】2009 年 10 月 14 日至 21 日，经中国青少年犯罪研究会推荐，我作为中国青年代表团 H 分团（学者分团）的成员"执行"了一次"访日任务"。在日期间，先后访问了芝浦工业大学、富士电视台、松下中心、京都市政府、京都大学、立命馆大学、国会议事堂等单位，聆听了日本著名地球物理学家松井孝典"俯视地球环境问题"的专题讲座，体验了日本歌舞伎、温泉文化、日式美食、新干线，参观了皇居前广场、大阪城、清水寺、金阁寺、平安神宫、岚山周恩来诗词纪念碑、浅草寺等著名景点。

八天日本之行，立命馆大学是留下印象最深刻的地方。立命馆大学源于日本近代史上著名的政治家和国际派代表人物西园寺公望于 1869 年在京都皇宫所创立的私塾"立命馆"，而"立命"一词则是语出中国《孟子·尽心章》"夭寿不贰，修身以俟之，所以立命也"。据说立命馆大学为日本左派人士所办，与中国保持了非常友好的关系。2005 年，立命馆大学率先在日本设立了孔子学院。2007 年 4 月，温家宝总理曾访问立命馆大学，并穿上该大学棒球队服与学生一同打棒球。

10 月 19 日下午，我有幸在立命馆大学礼堂做了一次简短的演讲。

今晚终于有空整理出当时的演讲内容，权作为一种纪念吧。

演讲内容一至三段为回忆所得，其后部分为根据视频所作整理。访日期间的同居室友新疆师范大学艾合买提·阿不力孜教授是细心之人，他用相机录下了演讲的绝大部分过程，使我得以还原当时的演讲内容。整理演讲文字之时，油然感动，特致谢意。

尊敬的上田宽副校长，立命馆大学的各位老师们，同学们：

刚才我看到了我今天演讲的题目——"中国的学究事情"。在中文中，"学究"是指很有学问的意思。我想在短短的十分钟时间内，是很难把这个题目讲好的。刚才团长做了一个正式的致辞，在此请允许我做一个非正式的演讲，谈一谈我访日的一些个人感受。

这是我第二次来日本。去年8月份，我曾经来过日本一次，不过那一次主要是来看风景，而这一次主要是看人。如果说上一次看风景让我处处着迷的话，那么这一次看人则是处处让我感动，为日本人民的热情、严谨、勤奋、自律、贤惠等优秀品质所感动。我们来访的成员中已经有多位教授在感慨来日本太晚，结婚太早了。（笑声）

我个人认为，日本是当代中国青年最熟悉又最为陌生的国家，中国也可能是日本青年最熟悉又最为陌生的国家。

来日本之前，日本国的公使向我（们）介绍了这样一个情况，说近些年来，日本国人们对中国人的好感有所下降，似乎现在降到了40％以下。我觉得之所以发生这样的变化，可能类似于中国"远亲不如近邻"这句话的变化。中国以前讲"远亲不如近邻"，但是最近一些年里，邻居关系发生了一些变化，非常淡薄。到目前为止，我仍然不知道我隔壁住的邻居是一位老太太还是一位漂亮的姑娘。我觉得中日两国的关系，两国人民的交往，包括他们之间互相的感觉、印象，可能与此有类似之处，而其中一个非常重要的原因是缺乏交往。我们中国人讲，相遇、相知才会相爱。如果彼此不了解不熟悉，当然也谈不上好感。所以我觉得今天非常高兴能够有这样一个机会来到日本，和各位日本的朋友一起交流，这非常有助于我们两国人民关系的改善。在此也请允许我以个人的名义向田中理事长以及其他对我们这次来访做出贡献的各位日本朋友表示深深的敬意。（掌声）

有几位日本的朋友看到我之后，都问我这样一句话，说中国的教授是不是都像我这么瘦（笑声），中国的教授是不是都像我这么年轻。我觉得前面一句话是也许是对的，因为中国目前的学术界流行这样一句话——"教授教授，越教越瘦"，像我这样的身材，在中国仅仅算是基本称职。而上田宽先生，如果在中国，凭他的身材可以说是一位非常优秀的教授。我之所以显得年轻，并不是因为我的年纪小，我的年纪并不小，而是（因为）我的研究领域是青少年犯罪。我很高兴看到上田宽先生的专业也是法学，所以我也想抓住这样一个宝贵的机会和立命馆大学法学部的同仁交流一些我对中国青少年犯罪研究的一些心得。

在中国法学界不大用青少年犯罪一词，而多用未成年人犯罪这一标准的法学术语。而未成年人的上限年龄是十八岁，日本少年法对少年的界定是二十周岁，两者之间是有区别的。中国对待少年犯罪的基本刑事政策是教育、感化和挽救。我注意到 2000 年日本少年法的修订，突出了对少年犯罪惩罚的色彩，这与我们中国目前对少年犯罪的基本刑事政策是有区别的。教育、感化、挽救的刑事政策体现的是孔子的恤幼思想以及孟子"人皆可以为尧舜"这样一种思想。中国自 1984 年 11 月建立第一个少年法庭，到目前为止已有 2420 多个少年法庭，做到了所有的少年犯罪案件均由少年法庭审理。很多人都说中国的少年犯罪非常严重，包括我们在座的很多团员都这样认为，但是我发现这是一个非常严重的误解。上世纪 90 年代在武汉所开展的一项同龄青少年犯罪调查发现，中国的少年犯罪率是世界上最低的国家之一，仅仅不到千分之二，而在同时期的美国是百分之五。

但是仍然有很多人特别是我们的媒体包括官方仍然去主张说中国的少年犯罪非常严重，我觉得这是一个非常值得深思的问题，在某种程度上类似于很多媒体对中国形象的报道。

误解产生于隔阂，真相需要我们去挖掘，我刚刚说过，相知才会先相爱。我来日本的时间总共加起来只有短短十来天的时间，我发现我已经深深爱上了日本。当然啦，我没有机会再找一位日本太太。但是下一次，我会带上我的太太，向日本的太太们好好学习。

今天我在立命馆大学校名来源的石碑前站了很长时间。"夭寿不贰，修身俟之，所以立命也"这句话，我很有感触。很小的时候，我的老师教育我要修身立命。我记得前一次温家宝总理来贵大学的时候讲要"为天下立心，为生民立命"，我本人没有那么大的豪情壮志，但我非常赞同"修正其身，为立命之本"。那么如何修身？小的时候我的老师告诉我一句话——"读万卷书，行万里路"。今天我用这句话和在座的诸位共勉，同时也请在座的诸位立命馆大学的老师、同学能够多到中国去看一看，感受真实的中国。好，时间已经到了，我就讲到这里。（热烈掌声）

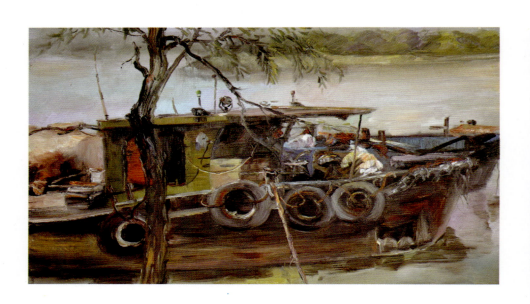

李昌钰博士讲座散记

　　虽然靠了老师的特权才在被学生占据的嘉宾席中得到了一个座位聆听李昌钰博士的讲座，我仍然对于可以直接从报告厅过道通行而感到意外，这大约是因为周末和学校防甲流措施的缘故。 去年李博士来学校做讲座时的爆棚景象历历在目，据说有很多学生在凌晨两三点就开始出动占位置，偌大的报告厅连过道与讲台上都挤满了学生，竟至连李博士站着讲课的地方都没有。 都70岁了，讲到精彩之处还常常引得无数女生尖叫。 当时我即感慨，若做个教书匠可到此境界，夫复何求。

　　此次李博士的全球巡讲已经去了11个国家，一个多月做了37场讲座，还顺带破了起富商女儿被害案。 巡讲的前一站好像是西北政法大学，很多学生因为没有能够进入报告厅而集结在外同声高呼抗议。 由于担任华政刑事司法学院的名誉院长，李博士每次来华政时停留的时间似乎都会比其他学校长一些。 此次讲座照例分三讲，第一讲是跨国犯罪，第二讲是现代鉴识科学发展趋势，第三讲是现场重建。 由于周一需要去检察院工作，我只听了周日的两讲。 一天连讲六个小时，老先生都是站着，虽然略显疲惫，但仍然声音洪亮，中气十足。严格意义上说，李博士的讲座并非学术讲座，在我看来，前两次在华政的讲座主要是分享其人生感悟，而这一次主要是分享其侦破各类刑事案件的工作感悟，但这已经足够吸引人了。对于各种经典重案老先生都如数家珍，讲到精彩处，照例是女生尖叫，惹得我醋意横生。

李博士虽然二十多岁即去了美国，但却是一个标准的中国人，处处流露出中国传统文化的印记。前两次讲座中印象最深的是他常将老母亲挂在嘴边。"很多人问我我最怕谁？我说是我的妈妈，我尊敬的是谁？也是我妈妈"，朴实的一句话，令人感动。李博士的家乡如皋曾提出要为李博士塑像，李博士说要塑就塑我母亲的吧，于是享年106岁，一生向佛，独自一人拉扯大十三位博士儿女的李王岸佛女士的铜像矗立在如皋东方大寿星园。2005年，在铜像揭幕仪式上，李博士向母亲九次鞠躬。去年借赴如皋之际，我专门去了趟大寿星园，与老太太瘦弱的塑像合了张影。

在这一次讲座中，李博士常挂在嘴边的是其马来西亚华裔太太李宋妙娟。我注意到一个细节，在讲座过程中有一位男生回答对了一个问题，李博士亲自为他戴上了其犯罪实验室的徽章，而在一位女生答对问题的时候，李博士则请太太为女生戴上了徽章。在整个讲座过程中，李太太一直坐在讲台边的一个角落，为先生身体担忧之情溢于言表。细微之处所流露出的夫妻相敬如宾、相濡与沫之情，令人艳羡。

李博士无疑是成功的：做人，赢得了世界盛誉与尊重，经历了警察局外事室巡官、餐馆侍者、证券行小职员、中国功夫教员、化验室技术员、大学教授、警政厅厅长等各种角色；做学问，做到了国际刑事科学鉴识界顶尖权威的宝座，独立撰写的及与人合著的专业著作有二十余本，已发表的论文达两百余篇，担任纽海文大学终身教授以及全球数十所大学教授，获得名誉博士数十个；做官，做到了华人在美国警界的最高职位——康乃狄克州警政厅厅长；做事，先后在美国各州与全球十七个国家参与调查八千多起重大刑案，他的名字已经与辛普森杀妻案、克林顿桃色案等世界名案、奇案联系在了一起。古人所谓立德、立功、立言，李博士可谓完美。

讲座结束当晚，有学生发来信息问我，如何才能达到李博士的境界？我当即回复："高山仰止，景行行止，虽不能至，然心向往之"。

人的一生不一定要像李博士那样功成名就，但一定要经历丰富，最好再来一点传奇。

重访西南联大

　　改变来去匆匆的习惯，决定在昆明多停留半天探访西南联大旧址，以了却多年的心愿。 数年前曾偶入联大旧址，独自凭吊先贤，可惜行色过于匆匆未及细访，一直引以为憾。 近年因在大学教书久了，重访联大之情竟至浓烈。 朋友景姐执意要为我安排联大之行，周末原本不忍讨扰，然盛情难却，只得从命。

　　到达联大旧址时，另一位朋友张兄已等候一个多小时。 事后方知张兄身患重感冒，拔了输液针管专程赶来。 1938 年，长沙联大师生分三路西迁昆明，历尽艰辛，行程数千里，抵达云南境内时，云南省政府主席派专车出城为师生载运行李。 待师生抵滇后，又为师生腾地建校，龙云还将自己的私宅分出一半作为联大的总办事处，极尽地主之宜。① 云南人好客性情，亦深刻体验一回了。

　　远见崭新"国立西南联合大学"校门，不免有些疑虑。 张兄解释方知，因为市政规划建设原因，由联大学生亲自所砌的校门已在数年前拆除，现在的校门是为市政建设让退后所仿制，其形尚在，依稀

---

① 此处史实为参观联大纪念馆后凭记忆所得，尚需核证。

可见联大校门简陋却又有着传统牌坊形色之品性。

踱入联大校园，右侧为三任校长的塑像，中为梅贻琦，两侧分别为蒋梦麟和张伯苓。对梅校长素来敬仰，其名言"所谓大学者，非谓有大楼之谓也，有大师之谓也"常在授课讲到慷慨处时用以"哄骗"学生。联大为北京大学、清华大学、南开大学之联合，三常委治校迄今仍传为佳话。自古文人多相轻，文人政治多卑劣，三校联合竟能联得如此之和谐，亦足见所谓劣根性实可根除。塑像右侧为新建的 121 爱国运动纪念广场，均为纯铜所铸，据说耗资千万，可惜我不太看得明白其中诸种寓意。吸引我的是悬于一复原的茅草顶宿舍梁上之"绝徼移栽桢干质"七字，为国育才的坚毅跃然于中。国人常引二战废墟中德国百姓在窗台上栽种盆花感慨日耳曼民族的复兴精神，却忘了在亡国阴影下联大校歌中的"绝徼移栽桢干质"七个大字。

是时阳光明媚，不远处一大群学生正列队在 121 四烈士纪念广场前集会悼念。立于中者正在朗诵悼词，青春中透着激情。每人皆手持白花，神情肃穆，历史在瞬间回溯。1945 年 12 月 1 日，一枚手榴弹在集会的学生中爆炸，四名学生当场殒命，成就烈士之名，最小者年仅 16 岁……我静静的站在人群边，默默地看着年轻的学生一一走到烈士墓前将手中的白花至于墓台上……国之大，可爱之者众欤，奈何忍心接纳（鼓动）其未成年之躯！另外两座醒目的坟墓是李公朴、闻一多先生的衣冠冢。我伫立于前良久，竟至无言以对。

联大当年教室以铁皮顶、篱笆墙建成，课座椅为学生创意所制，因为右侧形似"火腿"，而被称为"火腿椅"。教室墙上悬挂着联大的校徽、校歌及联大师范学院院歌。室中并无讲台，只在最前端置了两块黑板。我立于授课者可能站立的位置，复坐于学生位置中各留影一张。同行的高检院刘大姐询问有何感受，我连说了三个"惭愧"，再问时又答曰"愧疚"。同游者中多有不解。余曾为学生、复为大学教师，其实此种感受不过油然而生。 近年国内教育部门、大学常组团赴国外考察学习先进国家大学教育体制，不知为何却不到联大旧址来面壁思过，实在令人费解。

联大为中国近代教育史上的奇迹。 在滇八年，教授的成绩与所培育学生日后之成就均叹为观止。 大学这东西，非得养刁了才能有真学问。 联大虽受处黑暗政治之中，但所伤者不外乎其肉体，却绝不屈其"刚毅坚卓"（联大校训）之精神。 要想让大学培养不出真正之大师，我以为个中奥妙不外乎将科层体制延伸而入，将学问之人的骨与髓尽数抽去，又灭其复生之可能，再加以利禄去其残存的羞耻之心，哀呼悲哉。

我问张兄，云师大是否也像当年联大那样实行教授治校，张兄笑而不答。 纪念馆在讲述完联大历程后，在结尾处硬生生加上了云师大的发展历程、校歌等诸多元素，以示云师大与联大之传承。 我实在不明白纪念馆设计者何以竟出此自取其辱，贻笑世人之举。 想起常在任教之校，独自踯躅于"怀施堂"（1951年更名"韬奋楼"），陶醉于那种踩着楼板所发出的"嗒嗒"声中抚今追昔。 想来，今晚又要失眠了。

庭院深深深几许

晚上离开杂志办公室，踱出圣约翰大学西门堂，暮然被夜色晚灯下老式学堂那种庭院深深深几许的意境所感动，以至生出些许怅然来。 大学如人，其魅力在于"味"，如果有了一种让人难以抗拒和忘怀的"味"，也就可以不负"大学"之谓了。

尽管圣约翰大学(1879—1952)已经作古，所幸其有着中西合璧代表性建筑群美誉的校园"基本"完整保留至今。 十一年前离开深山里的劳教戒毒所，独自一人来到这里，竟有很长一段日子都被这独具韵味的校园所迷惑。 老建筑的砖木结构时常可以让人流连忘返。 只是漫无目的地在这些板楼里走来走去，听听脚踏木板发出的嘎嘎声，就足以让人陶醉。 若运气好时，还能邂逅仿佛从民国走来的少女。

如果偶遇的少女只是"仿佛"从民国飘然而至，那怀施堂的钟声则是真真切切的从百余年前悠扬而来。 怀施堂有间小教室，大约有三年的时间都是在那里读书。 每到整点，钟声都会准时响起。 或许钟楼实在过于老态龙钟，透着沙哑的钟声掩饰不住岁月的沧桑。 某一个岁末的傍晚，闭目等待钟声的停止，感怀深深，随性涂鸦。 还记得最后一句是："当最后一缕钟声归于沉寂，谁在沉吟汨罗河畔的绝句……"

这里的几乎每一栋楼,都连着一位久远的人物——他们都曾经为约大的创设与发展贡献良多,命名也都曾经朴实而率真,绝无一丝谄媚。 建造于1894年的怀施堂,怀念的是圣约翰大学创始人施约瑟主教。 1904年落成的思颜堂,思念的是中国籍牧师颜永京。 1908年落成的思孟堂,追思的是为救中国友人而溺亡于庐山瀑布的孟嘉德牧师。 1919年落成的顾斐德纪念体育室,思忆的是约大体育运动的发起者顾斐德教授。 1929年落成的交谊室,铭记的是校长卜舫济夫人黄素娥女士。 而1939年由师生和校友捐建的斐蔚堂,则纪念的是神学科主任郭斐蔚主教……

一直觉得约大校园迄今仍有着某种诡异的神韵,晚上不到八点,日间鼎沸的校园即入人迹罕至的状态。 怀施堂、思颜堂、思孟堂、交谊室、斐蔚堂、体育室、树人堂、西门堂……均半明半暗地隐约于幽暗的夜色之中,透着神秘,藏着心事,又有些让人捉摸不定。 有一段时间有着在晚间跑步的习惯,其实很多时候,只不过是用这样的方式凭古……

而下一次,我只做游客……

下篇　诗

致臭小子（四首）

从此，我的生命以你为刻度

十个月膨胀的企盼

只在瞬间，烟消云散

那一眼，我只希望你四肢健全

就算准备一辈子

你的到来，也只会让我晕眩

"父亲"的称呼

实在太过沉重

对你而言

这个世界，太过凶险

而我的生命

从此，以你为刻度

我在，你就意识不到我的存在

我只在栅栏外，

含着微笑，

注视着你，

看着你颤颤地走过独木桥，

扶着小姑娘的肩。

就算没有刻意地躲起来，

你也不会知道我就在你身边。

就像每一天，

只要我在，你就意识不到我的存在。

静静地走过那圈栅栏，

品味身后孩子们纯真的欢笑，

哪一声是你的，

已经无法分辩。

儿子，

四点见！

中秋后夜

一瓶水，一包烟
只为你一夜的安眠
那泛舟的渔夫看见
月亮从湖的那头，潜入林间
谁又能发现
蛰伏于密林深处
正在守护羔仔的，一头野狼

被我撞见和女同学在一起

那样的欢乐

只在悠长的小巷

纯净而唯美；

那样的邂逅

只在放学的路上

夕阳等在前方；

那样的童年

只在记忆的深处

缓缓地沉淀；

和你同行

与你在一起

长大

然后忘记……

上帝不放心把孩子交给人类
所以把每个初始的生命
装扮成天使的模样

信（二首）

一

我把希望寄给你

连着昨夜品烛的哀思

信封飘落邮筒

等待的日子，从此开始

二

这样一封信

从三千里外盈盈地飞来

仿佛老屋前的微风

捎来一缕微微的清香

几叶玫红的花瓣

唤醒我春的遐想

那零落江堤的红花草

还惦记着我吗

我开始读着花瓣中的长信

一如读着信中的花瓣

绵绵的遐思从千年的古筝里涓涓淌来

那晨雾里轻舞的仙子

为何只拂落人间这么几瓣?

我该收拾昨日的忧思寄往那头

还有这几叶憔悴的花瓣

爱之梦

不曾相约

你从李斯特的爱之梦中款款而来

一路低吟的

是带潮的旋律

打湿了海滩，我的枕巾

并没有踩踏露水的习惯

尤其是在百叶窗前

怎么

你也寂寞

一遍一遍从她的窗下缓缓走过

明明知道

楼中空无一人
窗台上的紫罗兰早已凋零
已有多久没有给她浇水了？
灯火拉开了一帘风景
夜风吹散了两种心情
无意中遗忘了最重的行李
西去的列车还能带走什么

从前
你在画中望我
今天
我在诗中寻你
潮退了退了

想起你很难
忘记你很容易

遇狐

聊斋中迷失的狐仙

穿透了低沉的夜色

轻盈地，飘落于，书架的某个角落

那梦中无数次拂面的秀发

一缕无法抗拒的魅惑

当雾霭弥漫的时候

谁在为你等候

来得突兀，来得厚重

只应存在于千年的意象

谁让她在人间飘摇

难道，这就是亘古的传说

逃避不了的宿命？

冥冥中的天数？

或者，不过是幻化的邂逅

秋觞

在第一个十字路口，相背而行
那是注定的方向，渐行渐远
没有回眸，拉长了思念
到达，也是下一次企盼的开始
只是，不会再有邂逅
弥散的亲切
可以愈久弥新，悠远淳厚
也可以，戛然而止

The end

其实，记忆也可以定点清除

就像你从来没有在我的生活中出现过

回到那个漆黑的清晨

握手道别，仅此而已

去往车站的路，很长，也很无聊

路灯也些晕眩

但很宁静，很平常，一如每一个奔波的日子

我也从来没有在你的生活中出现过

就算再见

也只是优雅的点头

也许含着微笑，也许眼神漠然

努力想想，好像曾经在哪里相见过

人生如书

总需要翻过这一页

带走一些人，一些事……

就像你的从前那样

也，挺好……

老村

记忆在岁月的尘封中成了千年的老酒

独对暮阳

望不见故乡的垂柳

杜鹃黄鹂叫开了晨雾氤氲的斑驳古村

绿野山风吹散了炊烟一束

山谷飘香

米饭稻花泥土

千年的故事在此轮回

晨午暮夜

春夏秋冬

回归家园

是我浪漫精神的归宿

日里梦中千百度

走不尽参差旖旎的田埂小路

忘不了长歌暮归的山野樵夫

掬一捧细水清泉
荡涤我浊心尘土
我在阳光中晾晒昨日的风雨
品味今夜的孤独

记忆在岁月的尘封中成了千年老酒
独对暮阳
望不见故乡的古樟垂柳

驼背桥

已经……已经……
在此驻守了无数个春秋
没有断臂化拱的传说
连一个可以谈论的故事都没有
遑论凄美的爱恨情仇

还不曾被小城忘记
只是因为岩石还不够斑驳
当所有的古街均已拆去
或许我依然守候于这条小河的支流

江水，已在某个年月枯竭
凋零的渔网还保持着入水的姿势
不是因为等待才如此沧桑

是你太久——没有走过

太晚了，太老了
我只能属于，我的年代……

赣江河畔

这里是什么地方
这里是家乡
没有距离
没有淡淡的乡愁
乡愿是一个概念
也是一厢情愿

小镇

躺在阳光上读本闲书
用火彩点燃一支烟
看绿茵生长出工地
农田被屋顶覆盖
小镇，终于被城市，眷顾

年，味

爆竹烟花的轰鸣，
跨过了两个年度；
祭祀的礼仪，
与袅袅的烛火相映；
烘托年味的孩子，
已然酣睡于梦中；
当祝福亦可复制与群发，
仰望打亮的夜空，
寻找那一丝激荡的涟漪；
持续的嘈杂渐缓渐静，
在百无聊赖中，
等待新年的第一缕晨曦……

游子

很多年前
他从黄土坡的孤独里走了出来
怀着眷念的心情
走着游子的姿势

很多年后
我从高楼间的喧嚣里走了回来
怀着恬淡的心情
走着踏青者的姿势

是的
我从来未弹过你
甚至从未拂去你厚厚的积尘
高山流水
你思恋吗？

酒杯

如同世间的爱情

看上去最幸福

天天被人轻吻

那么多的人为你死去活来

独酌

有种幸福只能一人品味
有种愉悦不能与人言说
有种愤懑只能默默憋屈
有种失落还需强作欢歌

等待生命终于老去
失忆的老人擦肩而过
柳岸也曾晓风，雨露亦归无声
谁能记起那世间凡人的离骚

阳光

昨夜睡得异常温暖
不经意间梦见了阳光
小心剪裁了一束
播在阴郁的角落

头一次见到如此柔柔的阳光
可让我目眩了许久
真想满斟一大碗饮尽
融入我湿湿的躯体

阳——光——
耐心等着你的下一个不经意

晚霞

最后的余晖

溢满了书架

有多少思绪，为之荡漾

夕阳，不过是夕阳

谁将那么多愁绪强加其上

这是最后的余晖

谁能够，静若止水

又何必强作自若

夕阳，那是夕阳

无限好的吟咏

穿透了千年的迟暮

再回古道

时空拖长了身影
蔷薇绽开了倩容
从民国摇曳而来的紫罗兰躲在角落里
轻轻地，笑
努力回想前世的姻缘
在似曾相识里，了无记忆

晨曦藏在沉沉的夜里
露水预备洗净可能的印记
只有那栋历久弥新的泥屋
孤独地伫立于河畔
等待，下一世的氤氲

夜色

暮色，沉沉地垂落
细雨，轻盈地飘临
这样的夜晚，不可以没有幽怨
哪怕用一首 90 后故作深沉的情歌来替代
秉烛，已经足够矫情

静静地，默默地
隐匿于十二层楼的小屋
尽管凭河临风

夜雨

雨下了——酣畅而淋漓

雷与电，若有所思

被装点的霓虹灯

栋栋高楼流光溢彩

洗刷不了的繁华与燥热

一条莫名的小河，波光浮动

光影

穿行在旧日的城市
古老的光景撞出记忆的尘封
时光已成碎片
一段留存旧貌的残垣
人与思绪可以往返
那时的青春永驻……

浮世绘

夜色遮掩了一切

没了阶层

没了身份

没了年龄

没了面具

只剩下男人和女人

只有在这里

才能彻底感悟造物主的公平

这样的夜晚不是很多

一个梦跨过一个年头

来得很唐突

不及预备一杯淡酒

静静地坐下来

给自己写一首诗

夹在某本书里

留给下一个日子的邂逅

每一个生命都是如此无声无息

降临——湮灭——降临

悄悄地等待

等到那个小精灵不小心撞入我的眼睛

我用泪水把她款待

世界因此显得很柔和

不知道该从那个方向开始撕裂

这样的夜晚不是很多

这样的记忆不是很多

坐待黎明

许久未曾通宵夜读
窗外翠竹摇曳
单曲循环一首布鲁斯风格的老歌
月明星稀，已是中秋的晨

点燃最后一支香烟
倒去残茶换上清水
反复品读那句据说的经典
不知其所以然
轻轻翻过这一页
似懂非懂，何需再懂

翻过就是读过
这就是夜读
可以任性，可以随意
仿佛回到回不去的年月

彗星（二首）

一

是一剑灿烂的光芒

划破夜空

经过七十六年的抉择

你要回归地球

是耐不住宇宙的寂寞？

缘何还拖着对太空长长的眷恋

只是一刹那

你就动摇了七十六年的抉择

不怕来日后悔么？

我并不诧异

你冰石的心肠

二

上天注定了每颗星星的轨迹

可以在两个空间遥望

但，永远，不会，有交集

仰望星空的孩童

惊见夜空中拖曳出两束燃烧的印迹

在沙滩上涂鸦出灿烂的拥抱

潮汐渐起

……

掉落荒漠的陨石

不知另一颗早已化为灰烬

也许，目光曾在三十亿光年处邂逅

其实，那已是最美丽的相遇

野生印象

据说这里的动物都是野生的
所以不只有铁丝，还要有电网
牢笼有时候很温和
譬如一小圈水沟，一小片湿地
但都是度身而做
——足够了
只需让它们无法逃离
或者，不想离去

我看到园区边缘的矮树上
筑满了蔚为壮观的鸟巢
连树枝都被压弯了，压塌了
这里是不是乐土并不重要
至少它是那么的安全那么的祥和

花上十元买一小串牛肉

足可博得铁栅栏外的虎狮一跃
别忘了举得高一些
它们可以跳得更威猛
花上六十元还可以买一只活鸡
小心而迅猛地扔出窗外
游客们兴高采烈地惊呼了起来
还好没有忘记捂住孩子的眼睛

湖

一汪宁静而美丽的忧郁

等待着破碎的那一瞬

因为

心情的湖总会承受不住她的沉积

只有红尾的蜻蜓捕捉住了这一鳞隙

在静而美的忧郁上

小心翼翼地点出了一圈涟漪

可是

文弱的湖水已将无法愈合

微风吹落了几片焦黄的柳叶

飘飘悠悠

原以为会一如从前

激起一串涟漪

却是

直坠湖底——

被梆硬的岩石击碎

湖水早已枯竭!

鱼

"往"事不能回味
陷入其中会变成小鱼
每个网眼都可以逃逸
留连迷返无法离去
我只是一条小鱼
只有七秒记忆的小鱼
在游出鱼网的那一刹那
忘记了挣脱的原因
若闻鱼香沁心
那，只是，最后的归去

在湖边

我聊赖地站在湖边看水
情侣依偎着的身影映在水面
湖畔除了枯叶还是枯叶
这是一种真正冬日的天气
比昨年还像

不妨把这样的心情小心收藏
晚风在不觉中已经凝滞

在这样的湖边伫立的确很惬意
就像耳边萦绕着母亲的催眠曲
孩时咿呀的童音
皮鞋敲着卵石由近而远由远而近
只有水底的鱼儿在用心倾听

被缚的普罗米修斯

所有的同伴均已结茧自缚

我以为，你会孤独

犹豫仰或眷恋，无人知晓你的心思

只是，命运的规程早已注定

唯有你没有顿悟

成蛹、化蝶，绽放、死亡

一方容器，一个轮回，一缕蚕丝……

破茧

残丝枯桑见证了生命的蜕变，

谁能记得起你前世的摸样。

悄无声息中的涅槃，

今世的长度，

可以指量。

振翅不为高飞，

不为邂逅，

只为吸引喂桑人的目光。

化蛹，

破茧，

不为重生，

只为下一段裂骨的离殇。

空荡的教室里只有我一人

在走进教室前
我就已经知道
空荡的教室里只有我一人
我打开一盏灯，就一盏
只让它照亮空荡教室的一角
虽远不及满溢烛光的温存
于我
已经十分惬意

在暗暗的角落里选了个位子
静静地坐下
点着一支"红梅"
默默地看着索然的一缕青烟
在空荡的教室里回旋
我知道
我该尽早的品味这份空寂
在第二个人，到来之前

开在书房里的杜鹃

每天——

都会有花瓣凋谢

不愁无以寄托哀思

读
史

一页三十年

多少生命灰飞烟灭

静若止水

微微的，暖暖的
只照亮小屋的一个角落
这样的灯光
只能来自——远古
它不属于这个，嘈杂的都市

心
如
幽
兰

露水在竹叶上凝结
雨滴在玻璃上滑落
凭古不一定要在登高之处
就在这儿遥望吧
和着低沉与悠扬的神秘园

山不在高，心亦可如幽兰
竹林曲径缓缓前行
想象你蜷曲帆船中淡淡的心境
在蔚蓝无垠的深海之上，绵延无尽的山峦之巅
感受卑微，感受渺然

依稀于薄雾中伫立
一响源自百年教堂的钟声
若水滴入湖泛起的涟漪
静些，再静些
参禅入化，用心去倾听……

怅

日子一片一片的坠落
淤积成肥沃的泥土
缀满枝桠的是沉甸甸四季留下的心情
不经意间长成了灿黄的果子

未曾有过雅致雀儿的光顾
远眺打着小伞流浪的蒲公英
漂泊已成遥远的遐想

月寒天高里坠下的
是眼泪

独

一

是我从很远的地方把她带来

没有人察觉

选在冬日一个冷冷的清晨

悄悄地种下

记着是那个山头

西南的冬夜一定很凉很文弱

因为我看得见山那边泛起的白雾把它挤得无处藏身

到我屋子里来吧

告诉我

透过玻璃望着的我是什么模样

二

秋日的微笑很美

足以让南飞的燕子回眸

可为什么最迷人的那一缕

偏偏是叶子落尽的时候

三

很喜欢独自在屋顶久久地伫立
常能有孤鹜的不期而至
独少了诗人的吟哦
那一缕断肠人的伤愁
分明是血的颜色

四

我从不吸烟
只是喜欢青烟在我眼前袅袅
当最后这支香烟烧到尽头
已经飘散的炊烟会不会坠落

五

常想起村子里的老井
偏忘了那个山头
谁是最健忘的人儿
是你，还是我
妈妈说
顺着你面颊滴落的是林间的雨露
一定是穿白衣的鸟儿寻觅的那一颗

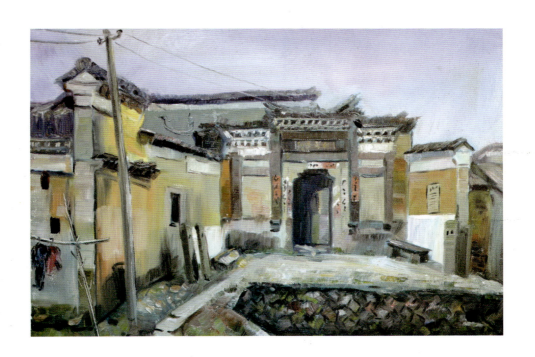

梦

空洞中的迷糊与迷失

一丝悬空的心悸

在光怪陆离的眩目中

无所依托的巨大的阵痛

拖曳着阳光与背影

遗忘，惊醒

在暗夜中沉重的喘息

倒影中的颠沛流离

幻影，幻空

无所寻觅

可以倚靠的光影

游离

不是贵人，
就是富人。
谁都知道这只是个形式，
对每个人都是折磨，
但也是荣誉，
更是身份。
幸好还有手机，
不但可以上网、发短信，
还可以打游戏。
你看，
每个人都是那么忙碌。

错觉

穿行于这个城市
有时候会突然有种陌生感
一如走在某个陌生城市的街头
有时候会突然似曾相识

那一汪新绿跃入我的眼帘

拨动我尘封的心弦

是什么从遥远的地方牵引着我的心

浊黄的江水回旋着不尽的思忖

新燕的健尾剪破了冬天的素装

我脆弱的屏障

怎能抵挡你惊蛰的歌声

江南缠绵的梅雨呵

不要打湿了我的枕巾

搏击

就是那么简单
日子被我们一个一个的击退
终于有一天后悔了
于是奔腾的血液已经枯竭
是谁吮干了?

声响

你能给我什么

我的头要昏了

青草垫着脚跟偷窥夜空

没了叶的枝桠在一旁傻笑

一种呼呼啦啦的声响从不远的地方传来

冷笑终于迸出了禁闭的喉咙

这是谁的声响

摇摇小小的头颅

什么将会破门而入

不妨把眼睛闭上

反正你也懂不了

那是一种什么声响

会让夜读人直打冷战

你明白

裹在心里是不是很痛
单薄的心脏当然持久不了她的温度
那就等到冷成坚冰吧
谁不相信——
总会有滴漏的时刻

昨天还在写关于秋天的诗
谁将会把下一首留住
人的每一天每一天
不过是走得越来越远越来越遥远
离开他总想回去的地方

那一刻
每一个人都是绝好的预言者
在他出生的时候就已知道了一生
不过是，要把眼泪哭出来又哭干净

笑脸

我们的身边日益洋溢着笑脸

每一张都很温和都很灿烂

怪不得两极的坚冰也日渐溶化

根本没有必要去弄清楚

哪一张长在血肉上

哪一张想换得什么

哪一张把什么掩盖

因为那样难过的只会是你自己

再说你也不能分辨

笑脸是世界上最无价值的东西

如同纸币

但它能同世间的一切交换

最丑的最美的

每个人所需要的只是笑脸

而我开始感受到人世的和谐人间的温馨

我开始怀恋开始等待

若是两极的坚冰都化了

那会怎样?

日子

那样的眼神，

写尽沧桑与疲惫；

在都市的繁华中，

演绎另一个阶层的恋情与亲情，

纯粹而清澈；

可以想象的苦难都没有错过，

也只有你们，

才有资格去享受。

末日呓语

有时候，会想念一座山

因为，那是开始的地方

也是心中，无法跨越的阻拦

有时候，会独自冥想

以为可以就此，没有了羁绊

而我知道

那只是末日前夜的呓语，或者企盼

有时候，会想象一艘船

在崩塌的世俗中遥望的离去

从此，不需要理由去怀念

也没有什么，值得留念……

早冬

白鸽掠过河面
船，化开了河水
夜色，就这么悄然而至
循着落幕的残阳
已无法追寻白鸽的印迹

晚灯静静地点亮着河岸
旖旎而去
昏黄的灯光
暖色，却并不温暖
没有了秋的过渡
这是一个措手不及的早冬
河中的碎波
在冷风中瑟瑟

缭绕的激荡

于雾气中弥散

想象中的杨柳岸

晓风残月

那种默默的，缓缓的思绪

交织于柳絮中

重返纷飞

没有人说上海不会下雪
你，也不是第一天来到这个城市
雪花飘临的时候
真的，用不着那么激动

看上去，她也可以很飘逸
随行的北风也足够的凄冷
也许，还会让流觞的溪水冻结
但她永远不会为这个城市堆积
这样的雪花
掩饰不了上海的灰蒙
她只会让你失落，让你怀念

没有人说老家下的雪才是雪
不会停留的雪花
同样，可以把心灵清洗

——只要你愿意

那第一眼的印记真的有那么刻骨铭心？

开窗吧

让窗帘动起来

让夹着雨水的雪花飘进来

从此，并不仅仅只有怀念

不是没有勇气在雨雪中嬉戏

也不是已经过了闹雪的年龄

只要雪花足够的挥洒

你我都可以为之疯狂

对了，北方已是雪灾

这个城市已经备足了除雪剂

再到雪花纷飞时

依然，只宜怀恋

······

风雪夜归

疾驰于高速公路

看初雪漫舞

肆意而任性

奔波的意义与谕示

只在旅途中可以品味

坐在新世纪的门槛上

耳畔回旋着上个世纪的钟声

感动总是油然的

想流泪的感觉一如望着母亲祥和的眼睛

有的记忆品味千百遍都不会腻

有种感觉

哪怕只是一点点

足以冲破厌倦了的血肉之躯

狂舞的鬼魅何时不再侵扰我的梦魇

仰慕总是如此遥远

直让人觉得寒冷

当生命突兀期间

灵魂缘何总是失落和不安

耳畔回旋着上个世纪的钟声

感动总是油然的……

深夜还是凌晨，

区分已无意义

入睡，抑或沉思的开始；

界限早已模糊；

都是守候下一个黎明，

何必在乎哪种方式？

流光溢彩，

抑或，稀疏的昏黄街灯，

总有一类人，会为之动容；

容器之外，

一样是月光或者夜色。

关窗或者开窗，

嘈杂，抑或静无声息，

车——流——依——旧；

你可以想象，

那樱花的绽放，抑或落瓣的纷飞

都只是一种诠释……

平安夜独上佘山

就是这条小道
望不到尽头的台阶
通往，佘山的深处
一个游客
一个晨练者
无数次，寻阶而下

就是这条小道
望不到尽头的台阶
通往，灵魂的深处
一个信徒
一个朝圣者
无数次，跪磕而上

就是这条小道
望不到尽头的台阶

在拐角处——遭遇
宛若瑟瑟的枯叶
最后的吟诵与祈祷
望断，天国的梦想

就是这条小道
望不到尽头的台阶
平安夜唯一通往教堂的通道
弥散的，不只有圣诞的欢乐
更有虔诚，隐喻，和期望

你不必有信仰
但一定要，心有所依
心存敬畏
心怀牵挂……

新年，交响音乐会

我承认，没有听懂
就像身旁有节奏酣睡的"乐友"
所有正襟危坐的听众
都在努力表现出入迷的沉浸
而我，习惯性地打着拍子

只想
解下领带，褪下西服
随性的去浮想些心事
无论演奏的是"西西里舞曲"，"天鹅湖组曲"
还是"北京喜讯到边寨"？！
只要不在谢幕的时候忘记——
报以最热烈的、长久不息的，掌声

戒毒所（三首）

对眸

　　曾于重庆市某戒毒所做管教民警，与吸毒者朝夕相处。十年了，可以消失的记忆都已经消失了，不能忘却的，似有记录的必要……

　　　你的眼神中什么都没有
　　　是我把恐惧与绝望想象于其中
　　　你们，也有愉悦的生活
　　　随和的秩序与规则
　　　或许，过得还很快乐
　　　但，我仍然决意将你挽救

　　　你的眸子里什么都没有

除了瞳孔小如针尖①

什么都，无法见到

空洞，是种令人敬畏的肃穆

罪恶，也是透彻的铜镜

是谁不敢凝视，不敢回眸

你不需要救赎

需要救赎的是我

---

① 瞳孔缩小如针尖是吸毒成瘾者的体表特征之一。

野菊花开

那时候,有晨跑的习惯。没有固定的路线,只是在山地、田埂、树林中漫跑,印象最深刻的,是野菊花……

这里，没有雌性生物
连飞舞的蚊子，都是雄的
这儿有野菊花
花开的时候
可以把西山坪的每一个角落
染成绚丽的金黄

不是来到这儿才见你绽放
儿时的记忆中就有你的身影
——田埂，山头，荒野
但只在这里
才能领悟你绚美迷眼的色彩与不羁

每一个晨曦
在阡陌纵横的小道
穿行于断断续续的林雾
感动或者绝望，总会在不觉之中
有时甚至，无法自禁

你——又笑了
是的，我应该无动于衷

一朵花开
可以绽放多久
温馨多久
回忆——多久

逃离

某个冬夜,三人逃离。我被撒在某个不知名的村口蹲守,这是逃离者可能经过的地方。是夜寒气逼人⋯⋯

冷
寒—彻—入—骨的冷
在不知名的村口
一条不可能再次踏回的小路
蛰伏于暗处,于湿冷的草丛·
没有一点声响,没有一丝光亮
因为黑而空旷,而孤寂
只有概率,没有尽头
明天,天亮的时候
我也可能会被,忘掉

逃离,没有原因
也许,只是为了更好的回到这里
所有的路口都被封闭
行尸走肉
走不出这张沉重的,天罗地网

心存希望,所以绝望

候车室

似曾相识的候车室
似曾相识的人流
没有表情的面庞
打着哈欠，揉着眼睛
一个或者几个人在面前走过

这只是一个平常的深夜
即将开始的旅途，或者奔波
有没有人在算计着再一次的造访
甚至触景生情
为这个破旧的车站
生出一丝忧愁
一定会有的……

哪一架航班晚点了？
机械故障，或者别的理由？

对了，我乘坐的是特快列车

回家

也是为了不错过明早的差事

绿叶满山，

不是想象中的黄土高原；

清泉潺潺，

留连而忘返；

锦鲤垂柳，

恍若塞外江南；

一轮圆月，

于薄云中若隐若现；

山坳之外——

烟雨依然……

海口之夜

听说这里临海
我只听到冷风吹动玻璃的声音
行李箱中留存着夏季的衣裳
秋衣哪里需要换下

这是海口的夜晚
于我是第一个夜晚
不远处就是海
你可以想象她的浩瀚
不需要靠近
同样可以迷失方向

静听落雨撕裂的声响
回想起点的地方……
追问已经没有意义
忘记为什么出发
未必因为走得太远……

春川行记

对于我而言
这是一场没有准备的雪
只不过是推开了旅馆房间的玻璃窗而已
春川却以细腻的小雪回报我的暮然
就这么凭栏远眺
看雪花继续染白大地
还有远处的群山

雪花稀疏地覆盖着山顶
春川已在身后远去
或许明日依然会有一场不期而遇的小雪
山水明秀，草木葱荫
一块又一块的广告牌叠嶂而去
于我，这就是所谓的异国他乡

游客或者游子或者过客或者一个奔波的男人

就这么停滞于站台

僵硬地挥动着手

那个女人，坐在我前两排的那个女人

都这么老了这么丑了

怎么分别还是那么地扭捏

贴着玻璃会与远去的恋人近些么

眼睛真的很小呵

掩饰得住那种独自的怅然么

前边就是仁川吧

还远吗

再比对一回车票与车窗玻璃上的文字

这是不是我应乘的车

如果错了，就这么杂乱的漂在韩国

做一个流浪者

这种体验，有趣，还是难忘，或者可怕

等待终点

并不需要太多的时间

……

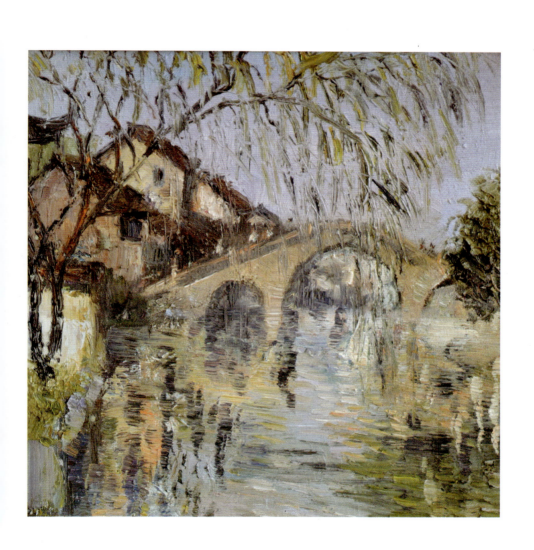

再见淡水

在没有渔人的码头
看日落

远方星光点点
一对对小情侣
从身边走过

台风前夜的海湾
静谧，恬淡，岁月如流
新风旧雨，晚霞迟暮

只有一个弹吉他的歌手
独自在沙滩上
无语吟哦

夜宿淡水

潮汐拍打着海岸

细雨润湿了阳台

在地图上定位今夜的坐标

重回没有渔人的渔人码头

晨曦洗去了夜幕

海湾显露着面容

渔船慵懒于港湾

溶解了海滩的颜色

夜宿淡水

晨眺两岸

归程，只是另一段旅程的开始

印痕

那块石头
那个小亭
那条栈道
那云雾中弥散的芬芳

失神于小火车的呜咽
在细雨中驻足
你的快乐
成就了我的忧伤

激动人心的旋律
热辣的舞蹈呵热辣的姑娘
在欢快的人群中黯然神伤

也许会有新的旅行

也许只是重复的奔波
那也绝不擦肩而过
宁愿，秋水独望

倩语倩寻

.

古镇悠扬的伤感，
弥漫于八百年的茶马小道，
玉龙雪水淌成的小溪，
方寸之间的自我陶醉；
歌，要一首一首的听，
烟，要一支一支的抽，
酒，要一瓶一瓶的喝，
心，一定要纯净，
不可带一丝都市的尘土与喧嚣；
在僻静的角落，
静候一位名叫小倩的酒吧歌手……

回家

在离家只有 40 分钟车程的
一个完全陌生的城市
完成了一次标准的旅行
其实，那只不过是一次傍晚散步的时辰
倦怠的拖着行李，走向——
车站外等待的老婆和孩子
旅行或者散步，不在于距离
而在，心态和仪程

再见，警察

如果觉得喧嚣
可以听听音乐
这个世界有很多浮躁
其实和我们无关……

夕阳夕下，

再见夕阳；

路的尽头，

依然是路；

疾风吹散了芦荡，

一方世界，

寂静如初；

曲未终，

人已散，

觅归途，

空愁暮……

活着

有时候，会想想人生——这一辈子
忘了存在于这个世界的，肉体
参透不了生的意义，存在的意义
也许，某一天，期待着某一天的顿悟
那个肆虐的灵魂，需要一个归宿
一个可以约束的牢笼

卸甲归田

村头少了一声犬吠
老屋多了一束炊烟
恣意大声地说着话
随性大碗地灌着米酒
——不是为了应酬
醉了，就发一小会酒疯
骨头就那么扔在餐桌下

屋里烧着一堆柴火
拥着一棵噼啪作响的老树根
还有，一只慵懒的老猫
——慢慢地，瘫软
大脑渐渐地石化
眼睛，早已经睁不开了

垂垂老矣

期待老去的一天
不再为世事泛起些许的波澜
在那个阳光依然温暖的午后
那条长长的石板小巷，嗫嚅踟蹰
暮鼓余钟，袈裟垂地……

法律是理性的，而文学是感性的，两者天然水火不容。

德国著名法学家拉德布鲁赫曾有一语中的之评：很多诗人都是"法学院逃逸的学生"。歌德、席勒、海涅、巴尔扎克、雨果、列夫·托尔斯泰、泰戈尔、卡夫卡、麦克利什……还有卧轨自杀写"面朝大海，春暖花开"的海子，都是如此。四十年流离辗转，始终未能逃逸出法学院和法律职业，所以我成不了诗人，更成不了文学家。

选择法律为业，是个意外。年轻时的梦想很明确，当个文学家，最好是个诗人，业余时间悬壶济世。记得念高三时曾将自初二以来所作尚可寻觅的诗汇为《恩江集韵》约三百首，录于一本软皮抄中，藏匿在老宅床顶。之后赴山城求学，日久渐渐忘记，这第一部诗集早已不知所终。可能那个时候还写过不少小说，武侠的那种，可惜记忆早已模糊了。

大学毕业前夕，亦曾将四年间所作尚留存的部分小诗录于一本硬皮抄中，约二百余首，然亦不知所终。所幸大学时代有写日记的习惯，留存了部分诗的底稿，才会有这本小册子下篇诗集大部分篇什的存在。那时候的大学园还流行读诗、写诗，我好像还是一个大概叫

"南麓诗社"的成员还有校报编辑记者之类，现在有些人还在联系，其中有的还真成了作家①，那真是个美好而又浪漫的时代。当年迷恋徐志摩，受其影响甚重，怎么直白怎么来，怎么矫情怎么写。今天再读当年的东西，多有不忍卒读。不过毕竟是青年时代的印记，留一些也是个纪念。总不能因为年纪大了，连当年做过什么梦都忘记了。

陷入法学愈深，年轻时的文学梦愈远。

这些年研习法律头脑日愈僵化，有时候需要换换脑子，还会信手涂鸦，纾解一下心情，或者改善一下僵硬的文笔。只是年龄越大，诗写得越少，但散文相对多了起来。不过多是随意而作，随作随扔，并无系统保留的习惯。幸好这些年博客、微博、微信流行，得以留存了一部分。

这本小集子收录了散文四十三篇，诗七十八首，基本上都是与专业无关，不务正业的结果。东西不多，时间却是跨越二十余年。散文中最早的一篇《烛语》，日记记载发表于 1997 年 3 月 21 日的《重庆青年报》副刊。诗中最早的一首可能是《信》，大约写于 1995 年底或者 1996 年初刚入大学时。不惑之年，曾经想学胡适也写个《四十自述》，但恐被人嘲笑东施效颦，编辑这本小册子倒是一个折中的办法。

正所谓，"为当梦是浮生事，为复浮生是梦中"。

2017 年 3 月 23 日凌晨于京

---

① 有一次忍不住见了其中一位，才毕业十几年就长残了，余留的那一点点幻想瞬间崩溃。不禁摸着大肚子感慨：人到中年，保持身材真的很重要，好歹也要照顾一下别人的感受。

图书在版编目(CIP)数据

临湖而居/姚建龙著.姚建军绘.—上海:上海三联书店,2018.4
ISBN 978-7-5426-6123-4

Ⅰ.①临… Ⅱ.①姚…②姚… Ⅲ.①散文集-中国-当代
②诗集-中国-当代 Ⅳ.①I217.2

中国版本图书馆 CIP 数据核字(2017)第 281670 号

临湖而居

著 者 / 姚建龙
绘 图 / 姚建军

责任编辑 / 郑秀艳
装帧设计 / 一本好书
监 制 / 姚 军
责任校对 / 张大伟

出版发行 / 上海三联书店
   (201199)中国上海市都市路 4855 号 2 座 10 楼
邮购电话 / 021-22895557
印 刷 / 上海盛通时代印刷有限公司

版 次 / 2018 年 4 月第 1 版
印 次 / 2018 年 4 月第 1 次印刷
开 本 / 640×960 1/16
字 数 / 90 千字
印 张 / 20.375
书 号 / ISBN 978-7-5426-6123-4/I·1337
定 价 / 65.00 元

敬启读者,如发现本书有印装质量问题,请与印刷厂联系 021-37910000